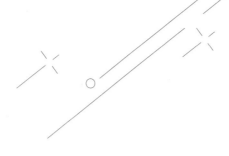

나의 엄지손가락

이주현 지음

나의 엄지손가락

ⓒ 이주현, 2023

발행일 초판 1쇄 2023년 2월 27일
　　　　초판 2쇄 2024년 5월 21일
지은이 이주현
편집 김유민
디자인 이진미
펴낸이 김경미
펴낸곳 숨쉬는책공장
등록번호 제2018-000085호
주소 서울시 은평구 갈현로25길 5-10 A동 201호 (03324)
전화 070-8833-3170 팩스 02-3144-3109
전자우편 sumbook2014@gmail.com
홈페이지 https://soombook.modoo.at
페이스북 /soombook2014 트위터 @soombook 인스타그램 @soombook2014

값 12,200원 | ISBN 979-11-86452-89-9
잘못된 책은 구입한 서점에서 바꿔 드립니다.

숨쉬는책공장 청소년 문학 시리즈는 청소년을 중심으로 너와 나,
우리가 건강하고 행복하게 숨 쉴 수 있는 세상을 꿈꾸고 만들어 가는 문학 작품을 담아냅니다.

숨쉬는책공장 청소년 문학 4

나의 엄지손가락

이주현 지음

차례

1. 항저우 공항

공항에 도착했다. 항저우에 발을 내딛으며 내 스스로 선택한 인생의 전환점을 맞았다는 생각이 들었다. 수속을 밟고 나오니 랑랑이 보이지 않았다. 좀 늦거나 내가 미처 찾지 못했거니 생각했다. 마중 나온 사람들은 누군가를 향해 손을 흔들기도 하고 달려가 맞이하기도 했다. 아무리 둘러보아도 나를 향해 손을 흔들거나 달려오는 사람은 없었다. 혹시 랑랑도 나를 찾고 있는 건 아닌가 싶어 기다리는 사람들 가까이로 다가가 훑어보았다. 랑랑은 커녕 비슷한 나이 또래도 발견하지 못했다.

폰을 꺼내 랑랑의 번호를 터치했다. 전화를 받지 않았다. 몇 번 더 터치를 해 보았지만 신호음만 지루하게 들릴 뿐이었다. 오른손 엄지손가락이 안절부절못하고 입 주위를 맴돌다가 끝내는

나의 엄지손가락

입속으로 들어가 이빨에 물어뜯겼다.

랑랑이 나오지 않은 것은 전혀 예상치 못한 일이었다. 한 달 전쯤 하얼빈에서 항저우로 먼저 전학을 한 랑랑이 내가 전학할 학교를 알아봐 주었고 오늘 온다는 것도 잘 알고 있는 터라 더 당혹스러웠다. 하얼빈으로 처음 유학 갔을 때 짝꿍이 된 랑랑이 많은 도움을 주었던 것을 생각하면 그렇게 매너가 없거나 책임감이 없는 아이라고는 생각되지 않았다. 항저우에서는 랑랑이 유일한 친구라서 랑랑만 믿고 이 먼 곳까지 4시간 동안 비행기를 타고 왔는데 무슨 이유인지 몰라 답답하기만 했다. 인파로 붐비는 공항 안이 텅 빈 것처럼 느껴졌다. 랑랑이 오고 있는 중인지 피치 못할 사정이 생겨 나오지 못하는 것인지 혼란스러웠다. 혹시 메시지라도 보내려나 싶어 폰을 자꾸만 들여다봤다. 메시지 숫자를 알리는 표시는 뜨지 않았다.

하얼빈에서 비행기를 타기 전 엄마에게 보낸 문자의 답도 아직 와 있지 않아서 더욱더 불안했다. 공항 안은 반짝이는 불빛들로 호화찬란했다. 하지만 그 불빛들은 내 마음속을 검게 태워 숯검정으로 만드는 것 같았다. 기운이 쫙 빠졌다. 의자를 찾아 털썩 주저앉았다. 그 많던 사람들이 썰물처럼 빠져나가고 나니 공항은

고요했다. 나는 그야말로 길 잃은 고아가 된 기분이었다.

다시 폰을 들어 잠금장치를 풀어 보니 화면이 고장 난 폰처럼 고정되어 있었다. 숨을 깊게 들이마셨다 내쉬기를 세 번 하고 나서 메시지를 보내 보았다. 메시지를 보내면 글을 읽었는지 읽지 않았는지를 확인할 수 있기 때문에 덜 답답할 것 같았다.

- 랑랑 어디야?

혹시라도 차가 밀려 늦는다는 희망적인 답이라도 오려나 싶어 대화창을 계속 열어 놓고 있었다. 1시간을 기다렸는데도 답이 없었다. 대화창에는 노란색 네모 위에 내가 보낸 메시지 한 줄만이 외롭게 놓여 있었다.

도착 출구 앞은 밀물과 썰물이 교차하듯 기다리고 도착하는 사람들로 빼곡했다가 사라지는 모습이 계속 반복되고 있었다. 2시간 정도가 더 지났을 즈음 진동음이 울렸다.

- 미안, 내가 문자를 지금에서야 확인했어. 서준 넌 어디야?
- 도착 출구 앞.

　　　　　　　　　　　　　나의 엄지손가락

반가운 마음에 하고 싶었던 말을 다 쓰려고 폰 위 글자 자판
들을 떠듬떠듬 터치해 갔다. 쓰는 것이 서툴러 마음처럼 쉽게 써
지지 않고 자꾸 오타가 났다. 결국 다 지우고 최대한 짧게 대답했
다. 하고 싶은 말은 만나서 직접 이야기하기로 했다. 중국어 독해
와 듣는 것은 어느 정도 가능하지만 자유롭게 메시지를 주고받거
나 유창하게 전화 통화하기에는 중국어 실력이 아직 부족했다.

　　- 왜 아직도 거기 있어? 숙소는 어디야?

랑랑의 말에 어이가 없었다.

　　- 무슨 말이야? 공항에서 만나 너희 집으로 같이 가기로 한 거
　　　아니었어?

모르는 단어를 사전으로 찾아 최대한 빨리 문장을 만들었다.

　　- 내가 그랬어?
　　- 응. 네가 분명히 그렇게 말했어.

랑랑은 한참 동안 답을 하지 않았다. 답답해서 계속 숨을 깊게 들이마셨다 내쉬기를 반복했다. 가슴이 거미줄로 꽉 찬 느낌이었다.

- 우리 집으로 오라고 한 게 아니라 항저우에 오면 내가 전학 수속하러 학교에 함께 가 줄 수 있다고 한 건데. 그래서 니가 오늘 오면 모레 전학 수속을 도와주려고 마음먹고 있었거든.

랑랑의 말을 읽고 나니 뒤통수를 얻어맞은 기분이었다. 랑랑이 도와준다고 말했을 때 나는 공항 마중부터 시작해서 숙소 해결과 전학 수속까지 모든 것을 도와준다는 의미로 받아들였던 것이다. 랑랑의 말을 다시 한 번 확인하지 않은 나 자신에게도 화가 났다. 내가 한 번 더 확실하게 물었어야 했다. 왜 하얼빈을 떠나오기 전에 진작 이 생각을 못했는지 후회스러웠다.

하얼빈에서의 유학은 실패한 것 같아 마음이 안 좋았다. 그래도 그동안 랑랑과 함께하면서 중국 친구 한 명은 생겨 다행이라 생각했다. 한국에서 떠밀리듯 중국으로 유학을 왔지만 랑랑과 영원한 친구가 된다면 유학의 성공을 넘어 인생의 성공으로

나의 엄지손가락

나아가는 디딤돌이 될 것이라는 희망을 갖고 있었기 때문이다. 그래서 랑랑을 잃지 않으려고 무리해서라도 하얼빈에서 항저우로 전학을 하기로 결정한 것인데 랑랑의 태도에 머리가 복잡해졌다.

어떤 답을 해야 할지 떠오르지 않아 한동안 멍하니 있었다. 공항 안이 마치 낯선 행성처럼 느껴졌다. 마음을 가다듬고 폰을 다시 들어 떠듬떠듬 자판을 터치했다.

 - 그래, 내가 네 말을 잘못 이해했네. 근데 미안하지만 오늘만 너희 집에 신세를 져도 될까?

화가 가라앉지 않아 가슴이 계속 쿵쾅쿵쾅 뛰었지만 최대한 태연한 말투로 써 보냈다.

 - 어쩌지? 사촌 결혼식 때문에 우리 가족이 다 같이 삼촌 집에 와 있어서 오늘은 힘들 것 같은데? 일단 숙소 잡아서 쉬고 있어. 내가 내일 집에 가면 연락할게.

오역했나 싶어 몇 번이나 번역을 되풀이했다. 분명 오역은 아니었다. 랑랑의 말에서 무책임한 태도와 잔인함이 느껴졌다. 도와준다고 했으면 처음부터 끝까지 책임져 주어야 하는 것 아닌가? 내가 이렇게 난처한 형편이라면 누구라도 대신 내보내 주는 것이 외국 친구에 대한 예의가 아닌가 말이다. 도와준다는 말에 하얼빈에서 한국보다도 더 먼 이곳 항저우로 무려 4시간이나 비행기를 타고 왔는데 언어도 서툴고 항저우에는 처음 와 보는 외국인 친구에게 이렇게 대접해도 되는 것인지 묻고 싶었다. 랑랑이 만약 한국에 와서 이러한 일을 겪었더라면 나는 어떻게 했을까? 내 정서로는 일단 모든 일을 제쳐 놓고 달려가 랑랑을 도와주었을 것이다. 보통 한국인이라면 그러지 않을까? 발을 동동 구르고 있는 내 심정도 모르고 너무 느긋한 태도를 보인 랑랑에게 서운했다. 한편으로는 내가 랑랑의 속을 잘못 알고 있는 것이 아닌지 두렵기도 했다.

– 괜찮아. 즐겁게 잘 보내.

이 생각 저 생각을 하다가 마음을 드러내지 않고 쿨하게 답

나의 엄지손가락

을 보냈다. 마음 같아서는 문자를 무시하고 싶었지만 일단 답은 보내 놓아야 할 것 같았다. 학교 문제를 해결하기 전까지는 랑랑의 도움이 필요하고 아직까지는 항저우에서 유일한 친구이기 때문에 내가 매달려야 할 상황이었다.

> – 먼 길 오느라 고생했으니 숙소에서 푹 쉬고 있어. 내일이 결혼식이라서 집에 늦게 도착하니까 모레 만날 수 있을 것 같아.
> – 알았어.

모레 만날 수 있다는 랑랑의 태평한 반응에 할 말을 잃었다. 또다시 한동안 멍하니 시간을 흘려보냈다. 숙소를 어떻게 마련해야 할지 떠오르지 않았기 때문이다. 그동안 유학원에서 모두 대행을 해 주었기 때문에 내가 할 줄 아는 것은 아무것도 없었다. 그런 한편 언제까지 공항에 머물러 있을 수 없는 노릇이라서 조바심도 생겼다.

핸드폰을 만지작거리다가 랑랑이 알아봐 준 홍웨이학교 홈페이지에 들어가서 학생들 사진들을 보았다. 학교도 깔끔하고 아이들도 모두 행복해 보였다. 사진들을 넘겨 보다가 하얼빈에서 홍웨이학교에 대한 동영상을 봤을 때 동영상 어디쯤에서 전화번호를 봤던 기억이 스쳐 지나갔다. 재빨리 동영상을 찾아서 돌려 봤더니 끝자락에 한국 전화번호와 중국 전화번호가 나란히 적혀 있었다. "휴~" 하고 안도의 숨이 저절로 나왔다. 낯선 곳에서 잃어버린 엄마를 찾은 기분이 이런 것일까? 그 학교로 전학할 학생이라고 하면 도움을 줄 것 같아 중국 번호로 전화를 걸었다.

전화기에서 들려오는 목소리는 처음에는 중국어로 말을 하더니 한국어가 돌발적으로 불쑥불쑥 튀어나오는 내 서툰 중국어 실력을 알아채고 한국어로 바꿔서 말해 주었다. 한국말을 듣는 순간 낯설고 두려운 외계에서 지구인을 만난 것처럼 너무 반가웠고 걱정도 사르르 사라졌다. 나는 홍웨이학교로 전학을 생각하고 있는 학생이라고 밝히고 현재의 사정을 한국어로 이야기했다. 한국어로 실컷 말하고 나니 탄산음료를 마신 것처럼 속이 시원했다. 이제 모든 것이 해결된 느낌이었다.

그는 내 말을 듣고 나서 자신을 홍웨이학교 외국인 유학생들을 관리하는 국제부 직원이라고 소개하고 몇 가지 형식적인 질문을 했다. 나는 질문에 대한 대답을 마치고 숙소 문제를 도와

나의 엄지손가락

줄 수 있는지 물었다. 하지만 돌아온 대답은 전학이 결정된 학생만이 공항으로 차를 보내 픽업하고 있다고 했다. 그 말은 결국 도와줄 수 없다는 대답과도 같았다. 다급한 마음에 내일 전학 수속을 밟을 예정인데도 안 되느냐고 물었더니 나는 미성년자이기 때문에 부모나 후견인, 또는 유학원을 통해서만 요청이 가능하다고 했다.

전화를 끊고 다시 핸드폰을 살폈다. 엄마에게 아직도 답이 와 있지 않았다. 엄마는 학생들 과외 수업을 마치고 마트에 장을 보러 간 것 같았다. 엄마는 과외가 끝나고 나면 핸드폰을 충전시키느라 엄마 서재에 두고 폰에 아예 신경을 쓰지 않는 편이었다. 내 문자에 대한 답은 주로 모든 일과가 끝난 밤 9시쯤 확인하고 보냈다. 새아빠와 그의 딸 수민의 밥을 챙겨 먹이고 수민을 학원에 보내야 하기 때문에 과외가 끝나고 집에 오면 저녁식사 준비를 하느라 핸드폰에 신경 쓸 여유가 없는 것이기도 했다.

엄마가 결혼한 것은 내가 중학교 2학년 겨울 방학 때였다. 엄마는 비혼모였기 때문에 새아빠와는 첫 결혼이었다. 새아빠는 수민이 엄마와 사별한 뒤 수민이 할머니 집에서 살다가 엄마와 재혼을 하고 나서 수민이와 함께 우리 아파트로 들어왔다. 엄마가 결혼하기 전 주민등록등본상에는 엄마 이름 '서인수'와 '서준'이라는 내 이름, 이렇게 단출하게 둘뿐이었다. 지금은 새아빠 김지니와 김수민이 들어와서 가족이 배로 늘었다. 지금 살고 있는 집은 내 생물학적 아빠에게 양육비 몫으로 받은 돈 일부를 보태 샀고, 남은 돈으로 지금 내 유학비를 보내 주고 있는데 엄마에게 남은 돈이 넉넉지 않은 모양이었다. 나는 미국이나 유럽 쪽으로 가고 싶었는데 엄마는 좀 더 저렴한 중국을 추천했다. 새아빠도 중국어가 앞으로는 대세라면서 중국으로 가라고 부추겨 최종 결정한 것이었다.

수민이와 나는 대화가 없는 편이라 서먹서먹한데 새아빠는 엄마와 나에게 몹시 자상하고 살갑게 대해서 친밀감이 느껴졌다. 새아빠는 우리에게 잘 보이려는 것이 아니라 자상함과 매너가 기본적으로 몸에 배어 있는 사람 같았다. 하지만 15년 넘게 엄마와 단둘이 살다가 가족이 두 명 더 늘게 되니 불편한 점도 많았다. 특히 화장실 문제와 샤워, 집 안에서의 옷차림, 식사 시간 등 수민이와 얼굴을 마주쳐야 할 때마다 매사가 신경 쓰였다. 31평 아파트에서 피도 한 방울 섞이지 않은 동갑내기 남매가 붙어서 지내게 되니 나는 새아빠의 보이지 않는 감시를 받아야 했다. 내가 수민이를 어떻게 하려는 마음을 갖고 있는 것도 아닌데 괜한 걱정을 하는 것 같았다. 수민이와 내가 단둘이 있을 때는 새아빠가 몹시 예민함을 보였다. 그러던 어느 날 학교에서 일이 터졌다.

학교에서 아이들에게 늘 왕따를 당하고 괴롭힘을 당해 왔던 내가 심하게 폭행을 당해 엄마가 학교에 불려 온 것이다. 엄마는 그날 내가 친구 하나 없이 왕따를 당하며 힘들게 학교생활을 해 왔던 사실을 처음 알게 되었다. 불안할 때마다 물어뜯어서 생긴 내 엄지손톱의 상처에 대한 수수께끼도 그제야 풀렸다고 했다. 엄마와 상담을 한 선생님은 전학을 권유했다. 엄마는 가해자들이 전학을 가야 하는 것 아니냐며 화를 내더니 곧 침착한 목소리로 생각해 보겠다며 나를 데리고 나왔다.

충격을 받은 엄마는 집에 돌아와 말을 잃은 사람처럼 한마디도 하지 않았다. 퇴근하고 돌아온 새아빠는 밥상머리에서 내 얼굴과 몸의 상처를 보고 놀라 나와 엄마를 번갈아 바라보며 이유를 캐물었다. 수민이는 밥을 몇 술 뜨더니 자기 방으로 들어갔다. 수민이는 나와 학교가 달라 그동안 내 학교생활을 알지 못해 다행이었는데 이제 수민이까지 알게 되니 너무도 쪽팔렸다. 나 때문에 집안 분위기가 엉망이 되어 버려 죄책감이 들었다. 엄마는 입술만 오므렸다 폈다 반복하며 말을 하지 않았다. 엄마에게 수민이와 비교되는 지질한 아들이 된 것 같아 미안했다. 나도 밥을 반쯤 남기고 일어나 방으로 들어갔다. 엄마가 나 때문에 수민이와 새아빠에게 당당하지 못한 것 같아 마음이 아팠다. 새아빠가 언제나 행복해하고 당당해 보이는 것 뒤에는 공부 잘하고 말썽 안 부리는 수민이가 있기 때문인 것 같았다. 엄마가 당당하게 살았으면 좋겠다는 생각이 들었다.

선생님 말대로 내가 전학을 가야 한다면 당장 어디로 가야 할지 막막하기만 했다. 차라리 학교에서 멀리 떨어진 곳으로 전학을 가서 새 삶을 시작하는 것이 나을 것 같았다. 잠시 후 새아빠와 엄마의 대화 소리가 들려왔다. 새아빠는 엄마 말을 듣고 나서 언성을 높이며 나를 이 지경까지 만든 아이들이 누구냐고 다그치며 물었다. 엄마가 새아빠 앞에서 죄인처럼 앉아 있을 것을 상상하니 눈물이 났다. 엄마의 설명을 다 듣고 난 새아빠도 어떤 해결책을 내놓지 못했다. 새아빠의 한숨 소리가 내 방까지 들려왔다.

나는 며칠 동안 병원 치료를 받느라 학교에 가지 않았다. 일

나의 엄지손가락

주일 진단을 받았기 때문이다. 새아빠와 수민이가 아침식사를 하고 나가게 되면 나는 오전에 엄마와 함께 보냈다. 엄마는 일주일에 3일 오후에 과외 수업을 하러 나가는 일 빼고는 거의 집에 있었기 때문에 나와 보내는 시간이 많았다. 엄마는 새아빠와 결혼하고 나서 매일 하던 수업을 3일로 줄여서 집에 있는 시간이 많아졌다. 나는 엄마에게 그동안 학교에서 당했던 이야기들을 모두 털어놓았다. 엄마는 이야기를 듣는 내내 나에게 미안하다며 울었다.

엄마가 과외를 가는 날은 엄마가 나가고 1시간 뒤 수민이가 학교에서 돌아왔다. 엄마가 집을 비운 날은 새아빠가 수민이에게 전화를 해서 내가 어디 있는지 물어보는 것 같았다. 방문 여는 소리가 들리고 나서 "방에"라든지 "방에 있나 봐."라는 수민이의 목소리 때문에 짐작할 수 있었다. 그럴 때마다 새아빠가 나를 감시하는 것처럼 느껴져 기분이 나빴다. 나는 주로 내 방에 들어가서 나오지 않는 편인데 새아빠가 괜한 상상을 하는 것 같았다.

학교를 쉬는 동안 나는 주로 방에서 전학에 관련된 인터넷 검색을 하면서 보냈다. 검색을 하다가 우연히 유학에 대한 정보를 접하게 되었다. 요즘은 조기 유학이 흔해져서 별의별 유학 이야기들이 다 올라와 있었다. 중국 유학생이 올린 관시 이야기는 매우 흥미로웠다. 중국 사람들의 관계 맺는 방법은 참으로 독특해 보였다. 그 이야기들을 살피며 여러 가지 생각이 들었다. 나는 왜 친구들과 좋은 관계를 맺지 못했을까? 내 왜소한 외모와 내가 처한 환경에 주눅이 들어서일까? 아니면 부모라는 양쪽 날개에 의지해서 훨훨 날았어야 하는데 한쪽 날개로만 살아와서 날개가 한쪽으로 기울어졌기 때문일까?

일주일을 보내고 등교 하루 전날 그동안 잠잠했던 엄지손톱이 자꾸 입속으로 들어갔다. 학교 갈 일이 걱정되었기 때문이다. 엄마를 보고 있자니 내가 학교를 떠나는 일 외에는 선택의 여지가 없는 것 같았다. 남아 있으려면 학교와 가해자들을 상대로 또 싸워야 했다. 가해자들은 학교에 잘 다니고 있는데 피해자인 내가 학교를 떠나야 하는 것이 억울했다. 하지만 엄마가 나 때문에 행복을 잃은 것 같아 이제 내 스스로 새로운 삶의 방법을 찾아봐야겠다는 생각이 들었다. 엄마의 행복한 삶을 위해서 내가 차라리 집에서 멀리 떠나는 것이 괜찮을 것 같았다.

나는 엄마에게 유학 이야기를 꺼냈다. 그러면서 엄마가 생물학적 아빠에게 내 몫으로 받은 돈을 유학비로 써 달라고 부탁했다. 엄마도 차라리 국내 다른 학교로 전학을 가는 것보다 그게 나을 것 같다고 했다. 엄마는 가해자들이 전학 간 학교에까지 소문을 낼까 봐 겁난다면서 다른 학교로 전학을 해도 크게 달라지는 것은 없을 것 같다고 했다. 그날 저녁 우리 가족은 저녁식사 후 내 유학 이야기를 나누고 중3 겨울 방학이 시작되면 중국으로 유학 가는 것으로 결정했다.

나는 먼저 한국인이 적다는 하얼빈으로 갔는데 그곳에서는 일이 자꾸 꼬여 힘들었다. 한국 유학생들이 나를 은따(은근한 따돌림)시켰기 때문이다. 처음 그곳 친구들은 선심이라도 쓰듯 나를 자기들 무리에 들어오게 한 뒤 친절을 베풀었다. 그런 다음 서서히 음모를 꾸며 골탕을 먹였다. 결국 나는 담배 사건을 뒤집어쓰고 항저우로 떠밀려 오게 된 것이다.

하얼빈에서 내가 속해 있던 유학원의 한국 학생들은 대부분 한국에서 공부에 관심이 없었거나 학교 폭력에 가담했거나 왕따를 당했거나 했던 아이들이었다. 그 아이들은 하얼빈에 와서 자기들끼리 뭉쳐 약한 아이를 괴롭히고 왕따를 시키는 악습을 반복하고 있었다. 평범했던 아이들조차 그들에게 물들어 갔다. 그들은 부모의 통제권에서 벗어나 있어 그들만의 자유로운 놀이에 빠져들었다.

엄마의 연락을 기다리다 지푸라기라도 잡으려는 심정으로 하얼빈 유학원 원장에게 연락해서 홍웨이학교로 전화 한 통 해 달라고 부탁해 보기로 했다. 전화로 말하기가 껄끄러워 우선 문자 메시지를 보냈다. 돌아온 답은 내가 그쪽 유학원비 정산을 모두 끝내고 떠나왔기 때문에 해 줄 수 없다는 대답이었다. 전화 한 통 거는 것이 어려운 일도 아닌데 괜한 억지 같았다. 반신반의하면서 메시지를 보냈지만 막상 거절당하고 나니 똥 밟은 기분이었다. 인정이라고는 눈곱만치도 없는 교활하고 사악한 하얼빈의 유학원 원장에게 한 가닥 희망을 걸었던 내 자신이 오히려 한심스럽게 느껴졌다.

핸드폰 대화창을 클릭해 보았더니 숫자 1이 없어져 있었다. 바로 그 때 엄마로부터 전화가 왔다. 엄마는 하얼빈 원장에게 연락을 받고 급하게 전화를 했다는 것이다. 새아빠와 수민이의 목소리, 사기그릇에 숟가락과 젓가락 부딪치는 소리가 들리는 것을 보니 저녁식사 중인 듯했다. 잠시 뒤 잡다한 소리가 사리지고 엄마의 목소리만 들려왔다. 엄마가 서재로 장소를 옮긴 것 같았다. 엄마의 말을 들으니 어이가 없었다. 하얼빈 원장이 엄마에게 내 문제를 해결하라고 전화했다는 것이다. 아마도 하얼빈 원장이 책임을 회피하기 위해 엄마에게 떠넘긴 것 같았다. 엄마는 무책임한 원장에게 화가 많이 나 있었다. 통화를 길게 할 때가 아닌 것 같아 하얼빈에서 당한 이야기는 나중으로 미루고 내가 처한 현재 상황만 간단하게 이야기했다.

전학할 홍웨이학교 전화번호를 엄마 톡으로 보낸다고 말하고 전화를 끊으려고 폰을 귀에서 내렸다. 약간 짜증 섞인 엄마의 말소리가 퉁명스럽게 들려오면서 통화가 끊겼다. 아들을 국제 미아로 만든 하얼빈 원장과 랑랑에게 짜증이 난 것일까? 아니면 이제야 좀 평화로워진 엄마의 삶에 내가 불을 지른 것 같아서일까? 엄마는 내가 항저우로 오기 전에 먼저 항저우로 전학 온 중국인 친구 랑랑이 내 전학을 도와주겠다는 말을 듣고 안심이 된다고 말했었는데 상황이 이렇다 보니 하루아침에 날벼락을 맞은 기분이었을지도 모르겠다. 한국에서의 왕따 생활로 친구에 목말라 있던 내가 중국 친구를 사귀어 그 친구의 도움을 받고 있다는 말에 엄마는 앞뒤 생각 없이 내 전학을 흔쾌히 승낙했다. 내가 하얼빈 학교에서 다른 학교로 전학해야만 했던 내 긴박했던 사정도 모른 채 말이다.

홍웨이학교 전화번호를 보내자마자 숫자 1이 바로 사라지고 답은 오지 않았다. 그쪽으로 바로 전화를 걸어 통화를 하고 있는 모양이었다.

한참 뒤 낯선 전화번호가 뜨면서 진동음이 울렸다. 좀 전에 통화했던 홍웨이학교 국제부 담당자였다. 그는 엄마와 통화했다면서 차가 곧 공항으로 출발할 거라고 했다. 이어서 기사가 공항에 도착하면 전화할 거라는 말을 덧붙였다.

　－ 준아, 전학 서류는 하얼빈 학교에서 다 준비해 온 거지? 거기
　　서 묻더라.
　－ ㅇㅇ

엄마 말투가 진정되어 보였다. 차가 공항에 도착하려면 1시간 정도 걸린다 해서 홍웨이학교에 대해 검색해 자세히 읽어 보고 있었다. 홍웨이학교에 대한 정보는 중국의 큰 땅덩어리만큼이나 많이 올라와 있었다. 정보들을 검색하다 보니 시간 보내는 것이 지루하지 않았다. 1시간이 지났을 때 낯선 번호의 전화 진동음이 울렸다. 학교에서 보낸 차가 공항에 도착했다는 전화였다. 픽업 나온 기사를 따라가 차를 타고 학교로 이동했다. 피곤이 몰

　　　　　　　　　　　　　　　　　　나의 엄지손가락

려와 잠시 의자 등받이에 몸을 기대고 눈을 감았다. 홀로그램처럼 공중에 붕 떠 있는 것 같았던 일들이 모두 해결되고 나니 스르르 졸음이 쏟아졌다.

2. 엄지손가락의 쓰임새

공항에서 학교까지는 1시간 반 정도 걸렸다. 학교에 도착하자 기다리고 있던 국제부 담당자가 나를 외국인 기숙사로 안내했다.

"일단 이곳에 짐을 놓고 나오세요. 아직 식사 전이지? 저녁 식사 시간이니 함께 식사하러 가자."

그는 방을 안내하며 존댓말과 반말을 섞어 가면서 어색하게 말했다. 억양이나 말투가 한국 사람은 아닌 것 같았다. 식당은 기숙사에서 도보로 5분 정도 거리에 있었다. 그는 식사를 하면서 본격적으로 궁금한 것들을 묻기 시작했다. 중국으로 유학 온 지는 얼마나 되었는지, 하얼빈에서 여기까지 어떻게 전학을 하게 되었는지 등등의 질문이 계속 이어졌다. 하얼빈에서는 보통 전학이나 진학을 할 때 가까운 북경으로 가는데 항저우로 온 것이 의아했던 모양이다. 나는 모두 사실대로 말하지 않고 내가 편한 쪽으로 에둘러 이야기했다.

그는 밥을 다 먹자 일어서면서 내일 바로 전학 수속을 해야 하니 전 학교에서 발급해 온 서류를 모두 챙겨 놓으라고 했다. 학교 안에 유학생들을 관리해 주는 국제부가 있다는 것을 처음 알았다. 국제부에서 전학에 대한 일 처리를 해 준다는 것을 미리 알고 있었더라면 오늘처럼 마음고생하지는 않았을 것이라는 생각이 들어 억울했다.

그는 기숙사까지 동행해 내가 쓸 침대와 책상을 알려 주고 갔다. 룸메이트는 나와 동갑이라고 했는데 방에 없었다. 학교에 도착해서부터 정신없이 국제부 담당자 뒤를 따라다니는 동안은 느끼지 못했는데 빈방에 혼자 덩그러니 남겨지고 나니 너무 낯설었고 두려움이 몰려왔다. 한쪽 침대와 책상 위가 산만하게 어질러 있는 것을 보니 룸메이트가 쓰고 있는 쪽 같았다. 어떤 아이인지 궁금했다. 아이의 책상으로 다가가 서랍을 열어 보았다. 립클로즈와 손톱깎이, 한국 동전, 크고 작은 중국 동전들, USB 등등 잡동사니들이 나뒹굴고 있었다. 공부와는 거리가 먼 아이 같았다. 나도 모르게 동전 3개를 집어 주머니에 넣었다. 내가 두려움에게 조종당하고 있는 것 같아 마음이 편치 않았다. 스스로 마음을 진정시키며 동전을 주머니에서 꺼내 다시 서랍에 넣었다. 내 책상 쪽으로 돌아와 준비물이 적힌 쪽지를 보고 서류들을 확인했다. 서류들은 빠짐없이 모두 들어 있었다.

딱히 할 일이 없어 침대에 벌렁 누웠다. 그 때 노랑머리에 키 큰 아이가 문을 열고 들어왔다. 매운 담배 냄새가 확 풍겨 와 기침이 나서 몸을 일으켰다. 노랑머리가 힐끔 나를 쳐다보고는 들고 들어온 담배꽁초를 창밖으로 던졌다. 룸메이트에게서 찬바람이 돌았다. 나와 나이가 같다고 들었는데 나보다 훨씬 성숙해 보였다. 아이는 자꾸 나를 힐끔거리며 내 행동을 주시했다. 아이는 나보다 덩치가 있어 주눅이 들었다. 내 오른쪽 엄지손가락이 자꾸 입속을 들락날락했다.

룸메이트는 키가 180cm 정도 되어 보이는 데다가 몸은 운동을 한 사람처럼 근육이 단단해 보였다. 머리는 노랗게 물을 들여 목까지 길러 가볍게 층을 냈는데 TV에서 흔하게 보아 왔던 아이돌 가수나 고등학생 연예인 같아 보였다.

"너 몇 살이야?"

나의 엄지손가락

아이가 가까이 다가오더니 먼저 말을 걸었다.

"열일곱 살."

국제부 담당자가 동갑이라고 미리 얘기를 해 줘서 편하게 말했다.

"헐! 이제 막 사춘기 시작된 초딩인 줄!"

아이가 비꼬는 투로 말했다. 한국에서 중학교 2학년 때부터 반 친구들에게 수없이 들었던 말이다. 중학교 1학년 때는 그냥 조용히 지나갔지만 2학년에 올라간 뒤부터는 키가 작다는 이유로 또래 아이들에게 형님이라 부르며 쉬는 시간에 온갖 셔틀을 했던 기억이 떠올랐다. 또다시 그 잔인한 시간이 되풀이될까 두려워 머리가 얼어붙는 것 같았다. 노랑머리가 내뱉은 말의 의도를 알아내려고 신경이 곤두섰다. 키 156cm에 몸무게 50kg의 내 모습이 노랑머리의 눈에 초등학생으로 보이는 것이 당연할 수도 있었다. 하지만 그것으로 그쳐야 한다. 그 말 속에 다른 음모가 숨겨져 있다면 큰일이라 생각했다. 가슴이 쿵쾅쿵쾅 뛰고 몹시 불안했다.

하얼빈으로 처음 유학 가기 위해 한국 공항에서 비행기를 타던 날과 같은 심정이었다. 불안감 때문에 여자아이 지갑을 훔치고 들통이 날까 봐 두려워 그 아이 의자에 몰래 돌려놓았던 그날이 생각났다. 학교에서 아이들에게 괴롭힘을 당한 뒤 집에 와서 엄마 지갑에서 돈을 꺼낸 날들, 문구점에서 물건을 훔친 일들, 오른쪽 엄지손가락을 이빨로 물어뜯어 수없이 창피를 당한 날들, 이러한 사건들을 일으키는 내 안의 불안함을 없애기 위해 하얼빈 학교에서 담배 문제로 이곳까지 전학 와야 했던 사연 등이 뇌리를 스쳐 지나갔다. 나에 대하여 아무것도 모르는 이곳 항저우에서의 첫출발은 망치지 말아야겠다는 생각에 정신이 바짝 들었다.

"넌 여기 언제 왔어?"

침묵을 깨고 내가 먼저 태연한 척 말문을 열었다.

"그걸 알아서 뭐 하게? 어휴 더러워! 저 피 좀 봐."

아이의 말에 깜짝 놀라 입에서 엄지손가락을 얼른 뺐다. 절실한 마음에 나도 모르는 사이 지독한 악습관이 다시 활개를 폈다. 방금 한 첫출발에 대한 다짐이 물거품이 되고 만 느낌이었다. 손톱 밑 속살이 갈라져 계속 피가 흐르고 있었다. 화장지를 뽑아서 엄지손가락을 감싸 쥐고 아무렇지도 않은 것처럼 팔을 옆으로 자연스럽게 늘어뜨렸다. 대부분의 사람들이 엄지손가락을 위로 치켜세워 최고를 표현하는데 내 엄지는 툭하면 이빨에 물어뜯기

나의 엄지손가락

고 아래로만 향하는 신세 같아서 비참해 보였다. 마치 주눅 들어 기를 못 펴고 숨어 버리기만 하는 상처투성이 내 마음과도 같았다. 그동안 내가 당당하게 살아오지 못해서 항상 엄마도 기죽어 있었던 게 아닌가 하는 생각이 들었다.

"너, 그 더러운 피를 빨아 먹고 있었냐? 에휴, 더러운 좀비 새끼."

노랑머리에게 평범한 아이로 보이려고 처음부터 애쓰고 있었는데 계속 빈정거리는 투로 말하자 짜증이 났다.

"아이 씨, 졸라 짜증 나."

작은 소리로 중얼거렸다. 여러 가지 심정이 복합되어 괜히 짜증스러웠다.

"너, 뭐라 했냐? 뭐? 짜증?"

노랑머리는 머리를 삐딱하게 하고 몸을 건들거리며 나에게 다가와 다짜고짜 멱살을 잡았다. 좁은 방이라 둘 사이의 거리가 짧아 중얼거리는 소리까지 잘 들린다는 사실을 생각지 못했다. 아이 얼굴은 '너, 오늘 잘 걸렸어.' 하는 표정이었다. 나는 몸이 얼음처럼 굳어져 꼼짝하지 못했다.

"여기 온 것으로 치자면 내가 대선배니까 말조심해라."

생각보다 아이가 조용히 말해서 다행이었다. 나는 눈을 바닥으로 떨구고 멱살을 잡힌 채 아무 말도 하지 못하고 서 있었다. 노랑머리는 잔뜩 움츠린 내 몸을 살피며 피식 웃더니 멱살을 풀고 자기 침대로 가서 벌렁 누웠다. 한국과 하얼빈에서 나를 왕따 시켰던 아이들과는 느낌이 달라 보였다. 나도 노랑머리의 눈치를 살피며 내 침대에 걸터앉아 폰을 들여다보았다. 딱히 할 일이 없어 폰을 들여다보고는 있었지만 폰으로도 할 것은 없었다. 노랑머리를 슬쩍 곁눈질해서 보니 게임을 하고 있는 것 같았다. 얼굴 표정이 밝게 바뀌어 있었다. 게임은 우리에게 숨통을 열어 주는 소확행이라는 생각이 들었다. 아이가 게임을 한판 끝낸 것 같았다. 아이는 일어나서 물을 마시고 침대에 걸터앉았다. 아이의 기분이 괜찮아진 것 같아 말을 걸었다. 이 학교에서 아는 아이라고는 룸메이트뿐이라서 아이와 일단 서먹한 관계를 풀어야 했다.

"아까는 내가 미안. 넌 이름이 뭐야? 난 서준이야. 성은 서, 이름은 준."

아이는 나를 보고 피식 웃더니 입을 열었다.

"이상진."

아이는 멋쩍은 듯 이름 석 자만 대고 벌떡 일어나 창가로 가서 밖을 내다보았다. 아이의 화가 풀린 것 같아 내 마음이 한결 편안해졌다. 상진이가 아주 나쁜 아이는 아닌 것 같았다. 상진이의 뒷모습에서 외로움이 느껴졌다.

이튿날 아침 나는 전학 서류 봉투를 가지고 국제부 사무실로 갔다. 사무실 앞까지 상진이가 동행해 주었다. 한 선생님이 서류 봉투를 받아 책상 위에 올려놓고 나를 교실로 안내했다. 교실은 하얼빈보다 시설만 좀 더 좋을 뿐 특별히 다른 점은 없었다. 한 반에 유학생들만 모아 놓고 수업하는 형식도 비슷했다. 다만 세계 각국의 유학생들이 함께 모여 있다는 것과 겪어 봐야 알겠지만 미리 설명 들은 수업 방식이 좀 더 체계적으로 갖추어져 있는 것이 달랐다.

폰 진동 소리에 주머니에서 폰을 꺼냈다. 랑랑이었다. 집으로 가는 중이라며 천연덕스럽게 숙소를 구했는지 물었다. 학교 도움을 받아 학교 기숙사에 입실하고 전학 수속까지 모두 마쳤으니 걱정하지 말라고 답을 보냈다. 랑랑은 다행이라며 기뻐했다. 공항에서 랑랑이 보낸 폰의 문자를 통해 느껴졌던 잔인했던 태도는 찾아볼 수가 없었다. 랑랑은 곧 나에게 전화를 걸어 학교에 대한 소감을 묻고 껄껄 웃으면서 언제 한번 나를 만나러 학교에 오겠다고 느리게 말했다. 나는 신경 써 줘서 고맙다고 말하고 꼭 놀러 오라고 했다. 랑랑의 전화를 받고 나니 랑랑에게 서운했던 감정이 사라졌다. 전화를 끊고 바로 진동이 울려 확인했더니 엄마에게서 톡이 와 있었다.

- 준아, 전학한 학교는 어때?
- 시설은 전보다 더 좋은데 시스템은 비슷해. 근데 여기는 등록금이 좀 비싸네.
- 그럴 것 같으면 좀 생각해 보고 전학할 걸 그랬어.

엄마 말투에서 근심이 느껴졌다. 엄마의 근심이 심상치 않아 보였다. 며칠 사이 집에 무슨 일이 생긴 것은 아닌지 걱정이 되었다. 힘들어도 그냥 하얼빈에 있으면서 아이들 비위를 맞추며 지냈어야 했나 하는 생각이 들었다. 엄마에게는 하얼빈의 추운 날씨와 유학원의 비리 때문에 먼저 전학한 친한 친구 랑랑의 소개로 남쪽에 있는 학교로 전학을 결정한 것이라고 둘러댔다. 하얼빈 유학원 원장과도 그렇게 입을 맞추어 놓은 상태여서 엄마는 그런 줄로만 알고 있었다. 하얼빈 아이들이 강제로 담배를 물게

나의 엄지손가락

한 것이 문제가 되어 전학해야 할 상황이 만들어졌던 일은 앞으로도 말하지 않을 생각이다. 하얼빈 원장은 내 담배 문제를 덮어 준다며 내가 자발적으로 전학하는 것으로 하자고 제안했다. 원장은 그래야 자신이 책임질 일이 없을 것이라 생각한 것 같았다. 더구나 엄마가 유학비를 들먹이며 비리를 캐려고 했던 터라 불편하기만 했던 나를 조용히 내보내기를 원했을 것이다. 어쩌면 원장이 항상 담배를 물고 사는 아이들과 짜고 나를 쫓아내려고 작정한 것은 아닌지 의구심이 들기도 했다.

- 엄마, 무슨 일 있어?

아무래도 엄마가 이상한 것 같아 한참을 망설이다가 조심스럽게 물었다. 엄마가 침묵하다가 답을 올렸다.

- 좀 싼 곳은 없니? 아, 아니다. 그냥 잠깐 한국으로 들어왔다
  가 다시 가는 건 어때? 아무래도 니가 그곳에 대해 아무것도
  몰라서 돈을 낭비하고 있는 것 같아.
- 내가 무슨 돈을 낭비한다고 그래? 잘 알지도 못하면서. 내가

한국에 들어가면 학교는 제대로 다닐 수 있을 것 같아? 수민이 때문에 새아빠 눈치도 봐야 하고, 내가 들어가면 너무 복잡해지는 거 알잖아.

엄마도 알지만 어쩔 수 없는 눈치였다.

– 생활비는 새아빠가 대지만 네 아빠가 준 돈은 네가 유학 마칠 때까지 써야 해. 유학비까지 새아빠한테 손 벌리기는 좀 그래. 요즘 엄마한테 과외 받는 아이들도 자꾸 떨어져 나가서 불안하고, 새아빠 회사도 전보다 잘 안 되는 것 같아서 고민이야. 아빠가 이번 달에는 직원들 월급 주기도 빠듯하다고 해서 수민이 학원비를 엄마가 내줬어. 그러니 네 유학비도 최대한 아껴 써야 해.

이번에는 내가 말문이 막혔다. 엄마의 말이 너무 무책임해 보였다. 그러다 내 유학비를 수민이를 위해 다 써 버리는 것은 아닌지 걱정되기도 했다. 한국에 들어가서 어쩌라는 것인지 머릿속이 몹시 혼란스러웠다. 내가 유학을 결심하고 제안했을 때 엄마와 새아빠는 흔쾌히 받아들이며 돈 걱정은 하지 말라고 몇 번이나 말했다. 생물학적 아빠가 준 돈이 다 떨어지더라도 유학비는 새아빠가 마련해 주겠다고 했고, 엄마도 과외를 하고 있어서 돈 걱정만큼은 하지 않고 있었다. 그런데 돈 문제가 생겨 한국으로 들어가야 할 상황이라니 갑자기 뒤통수를 얻어맞은 기분이었다. 새아빠도 엄마와 같은 생각으로 바뀌었을까? 이러다가 새아빠가 보내 주는 내 용돈도 끊기는 것이 아닌지 몰라 몹시 불안했다.

엄마에게 그다음은 무슨 말을 써서 보내야 할지 난감했다. 이제 힘든 것을 모두 정리하고 새롭게 학교생활을 시작한 지 며칠 안 되었는데 또 일이 꼬이다니 산 넘어 산이라는 생각이 들었다. 이미 등록을 한 상태인 데다가 한 학기 기숙사비와 등록금까지 냈으니 돌이킬 수는 없었다. 만약 등록 취소를 한다면 공항에서 이곳까지 픽업해 준 비용과 수수료와 며칠 동안 기숙사에서 먹고 자고 한 비용들을 다 토해 내야 할 것 같았다. 만약 항저우에 남는다면 저렴한 학교를 알아보면서 한 학기는 여기서 버텨 내야만 했다. 생각을 정리하고 나서 폰을 들어 문자를 보냈다.

‒ 엄마, 걱정 마. 이번 학기 다니면서 등록금이 좀 더 저렴한 곳

으로 알아볼게. 돈은 엄마가 계획한 대로만 보내 줘.

하얼빈 유학원에서 돌려받은 돈으로 등록금을 냈고 남은 돈으로 한 학기를 버틸 생각이었다. 이번에는 엄마가 침묵했다. 엄마는 왜 나를 낳았을까?

엄마는 중학교 때 미국으로 조기 유학을 갔는데 유학 3년 만에 외할아버지 집이 부도나서 한국으로 들어와야 했다. 외할아버지와 외할머니는 병을 얻어 그 이듬해에 돌아가시고 엄마는 이모할머니 집에서 살았다. 그러다 어떻게 된 일인지는 모르지만 나를 임신하게 되어 내가 중학교 2학년이 될 때까지 결혼도 안 하고 비혼모로 나와 단둘이 살아왔다. 엄마는 어려서부터 힘들게 살았는데 지금은 나 때문에 또 불행하게 사는 것 같았다. 내가 정신을 똑바로 차리지 않으면 안 될 것 같은 생각이 들었다. 엄마가 이제 새아빠와 행복하게 살았으면 좋겠다는 생각이 들어 내가 자진해서 이곳으로 떠나온 것인데 이곳에 와서도 엄마를 불행하게 만드는 것 같아 너무 죄송스러웠다.

나는 엄마를 위해서라도 중국에서 잘 버텨 내야겠다고 다짐했다. 하지만 한 학기를 버티고 나면 다음 학기는 어떻게 해야 할지, 학비가 저렴한 학교는 어떻게 알아봐야 할지, 내 미래는 어떻게 되는 건지 등등 오만 가지의 생각들이 머릿속을 휘저었다. 생활하다 보면 새아빠의 사업이 잘 풀릴 수도 있기 때문에 한 가닥 희망은 남아 있어 위안이 되었다. 하지만 그것보다도 한국에서 주저앉아 버린 내 인생을 일으켜 세우기 위해 여기서 내가 정신을 바짝 차려야겠다고 생각했다.

나는 이제 혼자다.

이제는 엄마의 행복을 위해서 그것을 인정해야겠다는 생각이 들었다. 그래, 일단 해 보자. 어떻게든 되겠지.

3. 홍웨이학교

한 달 정도 기숙사와 학교생활을 하다 보니 이곳도 제대로 공부할 수 있는 환경이 아니었다. 분위기가 하얼빈과 별반 다르지 않았다. 국제부 유학생들 중 60%가 한국인이었다. 내가 그들과 친하게 어울리지만 않는다면 문제가 생기지는 않을 것 같았다. 문제라면 내 엄지손가락이 입속으로 들어가 손톱과 손가락 끝을 물어뜯기는 것이었다. 나는 생각 끝에 일단 엄지손가락을 밴드로 감쌌다. 상처를 감추는 것이 아이들에게 관심을 덜 받을 것 같았기 때문이다.

유학생 중에 한국 학생은 초등학생부터 고등학생까지 모두 합쳐서 50명가량 되었다. 아이들은 대부분 공부보다는 한국인들

나의 엄지손가락

끼리 몰려다니며 장난치고 노는 것에 관심이 많았다. 그들은 마치 부모 통제권에서 벗어난 자유로운 영혼들 같았다. 하얼빈과 다른 점이 있다면 이곳은 세계의 모든 유학생이 섞여 있다는 것이었다. 다른 언어로 왁자지껄 떠들며 장난치는 그들은 마치 세계 각국에서 날아온 불나방들처럼 보였다.

인터넷에 올려놓은 유학원의 광고사진과 동영상들은 과장된 내용이라는 것을 금방 알아챌 수 있었다. 부모들이 중국으로 유학을 보내는 이유는 거의가 공부를 안 해도 중국 친구들과 어울리며 중국어와 중국의 문화를 자연스럽게 배우라는 의미인 것 같은데 실제는 달랐다.

학교에서 한동안 아이들이 나에게 말을 걸지 않았다. 내가 원한 대로 상황이 흘러가는 것 같아 다행이었다. 상진이는 맨 뒤에 앉아 폰만 들여다보고 있는 것을 보니 아이들과 어울리지는 않는 모양이었다. 동질감이 느껴져 상진이를 향하는 마음이 편해져 갔다. 상진이에게 어떤 사연이 있는지 궁금했지만 당장은 묻지 않았다. 좀 더 친해진 뒤에 물어보리라 생각했다.

평화로운 시간도 잠시뿐, 며칠 뒤 학교에서는 조용히 지내는 것조차도 내 마음대로 할 수가 없다는 것을 깨달았다. 아이들은 심심풀이 대상이라도 찾듯이 차츰 내 주변으로 모여들어 나를 힐끔거렸다. 신경이 거슬려 하는 일마다 집중이 되지 않았다. 그들은 나를 툭툭 치는가 하면 자기들끼리 무언의 말을 주고받으며 깔깔 웃기도 했다. 처음에는 아이들의 실수라 생각했는데 몇 번 겪고 난 뒤 의도적이라는 것을 알게 되었다. 오른손 엄지손가락이 밴드 때문에 매번 입에 들어가는 것에 실패하고 슬그머니 내려왔다. 밴드가 톡톡히 효과를 발휘해 주는 것 같아 한시름 놓을 수 있었다. 엄지손가락마저 입속으로 들어가 잘근잘근 씹히고 피범벅이 된다면 바로 또 다른 놀림감이 되었을 게 뻔했기 때문이다.

그러다 눈에 힘이 들어가는 것이 느껴졌다. 불안하게 흔들리던 눈알이 한 아이의 뒷주머니에 꽂혀 있는 지갑에 멈추었다. 지갑을 슬쩍 꺼내고 싶은 마음이 뇌리에서 요동쳤다.

"조용히 해!"

나도 모르게 소리가 터져 나왔다. 마음에서 꿈틀대던 불안이 이번에는 행동이 아닌 소리로 튀쳐나온 것이었다. 순간 교실 안이 조용해졌다. 아이들보다 나 스스로가 더 놀란 것 같았다. 그동안 말 한마디 못 하고 억눌려 있던 소리가 튀어나오니 후련하기

나의 엄지손가락

도 하고 한편으로는 두렵기도 하면서 묘한 기분이 감돌았다.

"참 용감하시네!

옆자리에 자리 잡고 앉아 있던 아이가 실실 웃으며 내 얼굴 앞으로 자신의 얼굴을 들이대고 빈정거리듯 말했다. 나는 순간 얼굴이 화끈 달아올랐다. 아이는 잠깐 나와 눈을 맞춘 뒤 패거리와 교실 밖으로 나갔다.

"쟤 어떡하니?"

"찍혔어."

"내일부터 재밌는 구경거리 생기겠네."

아이들이 한마디씩 내뱉은 말은 모두 나를 두고 하는 말이었다. 뒤를 돌아보니 상진이는 계속 폰만 보고 누구와도 눈을 마주치지 않고 있었다.

반 아이들이 예고한 바와 같이 그 이튿날부터 나를 향한 괴롭힘이 시작되었다. 한국에서 겪었던 공포의 학교생활이 또 시작된 것 같아 두려웠다. 아이들은 일부러 나를 툭 치고 지나가거나, 가방을 차거나, 학용품을 일부러 쳐서 떨어뜨리거나, 대놓고 책을 찢었다. 심지어는 내가 화장실에 갔을 때 가방을 감추기도 하고, 어떤 아이는 옷을 일부러 찢고 미안하다고 사과했다. 한국 학교에서 당했던 지옥 같은 시절이 파노라마처럼 지나갔다.

"조용히 지내고 싶으면 나처럼 그냥 맨 뒤에 처박혀 있어."

상진이가 내 옆을 지나가면서 조용히 말했다.

"무슨 소리야?"

일어나서 상진이를 따라가며 물었다.

"너, 한국에서 저런 놈들한테 꼬투리 안 잡혀 봤냐? 저 새끼들도 그 새끼들과 똑같은 놈들이야. 그러니 입 닥치고 가만히 있지 소리는 왜 질러?"

상진이는 아무도 없는 복도로 나가더니 나에게 가까이 다가와 말했다. 상진이 말이 무슨 말인지 알 것 같았다. 왠지 모르게 상진이가 동지처럼 느껴졌다. 상진이 말과 눈빛이 상진이도 한국에서 왕따를 당해 본 경험이 있어 보이고 이곳에서도 은따를 당하고 있는 것처럼 보였다.

"너는 이 학교에 계속 있을 거야?"

"나는 저 새끼들 꼴 보기 싫어서 이번 학기 끝나면 상해로 전학 가."

"아, 그렇구나."

상진이가 전학 간다는 말이 몹시 아쉬웠다. 내가 이 학교에

　　　　　　　　　　　　나의 엄지손가락

서 그나마 의지할 수 있는 사람은 상진이뿐이었기 때문이다. 상진이와 같은 방을 쓰면서 대화는 많이 나누지 않았지만 나도 모르게 상진이에게 차츰 의지하고 있었다. 상진이가 떠나기 전에 상진이 전화번호를 알아 놓아야겠다고 생각했다. 상진이와 톡으로 얘기하다 보면 더 가까워질 수도 있을 것 같은 예감이 들었기 때문이다. 상진이는 화장실에 가고 나는 교실로 다시 들어와 자리에 앉았다.

아이들이 몰려와서 나에게 시비를 걸까 봐 가슴이 조마조마했다. 어떻게 방어를 해야 할지 머리를 굴리다가 논술 시간에 읽었던 헤르만 헤세의 《데미안》이란 책에서 싱클레어가 했던 말이 생각났다.

"누군가를 두려워한다면 그건 그 누군가에게 자기 자신을 지배할 힘을 내주는 것."

싱클레어의 이 말이 오랫동안 내 기억 속에서 지워지지 않고 있었다.

'그래. 나도 이제 누구에게도 나 자신을 지배할 힘을 내주지 않을 거야.' 이렇게라도 생각하지 않으면 나는 영영 나락으로 떨어지고 말 것 같았다. 내가 어렵게 유학을 결정한 만큼 여기에서는 나 자신을 지키면서 당당하게 살아 내야 한다. 그래야 엄마도 남은 삶을 새아빠와 내 걱정 하지 않으며 행복하게 살아갈 수 있고, 가족이 평화로워질 수 있다.

내 문제는 이제 스스로 해결해야 하고 이겨 내야 한다. 한국에서는 친구들에 의해 수동적이고 타성적으로 살아왔지만 이제는 친구들에게 나를 내어 주지 않을 것이다. 이제부터는 내가 나를 스스로 보호할 것이다. 나를 보호하는 것이 엄마를 보호하는 것이기도 하다는 생각이 들었다.

초등학교 때 꽃말 찾아오기 숙제를 하다가 발견했던 '나를 건드리지 마세요.'라는 말이 스쳐 지나갔다. 꽃 이름은 기억이 나지 않지만 그 말이 내 마음속에 각인되어 오랫동안 남아 있는 것은 내가 키와 덩치가 작아서 아이들에게 무시당하고 놀림당할 때마다 마음속으로 긴장하며 방어 태세를 취하고 있었기 때문인지도 모른다.

옆줄에 앉아 있던 아이가 내 앞뒤를 기웃거리며 다가오는 폼이 뭔가 음모가 있는 것 같았다. 나는 고슴도치가 위험에 처했을 때 가시를 세우는 것처럼 신경을 곤두세우고 그 아이를 기다렸다. 아이는 예상대로 내가 보고 있는 책을 떨어뜨리고 건들거리며 앞만 보고 유유히 걸어갔다. 책갈피에 꽂혀 있던 엄마의 젊은 시절 사진이 바닥에 떨어졌다. 어제 엄마 사진을 꺼내 보고 나서 잠깐 책 속에 꽂아 놓은 것을 까마득하게 잊고 있었던 것이다. 사진을 주우려고 일어나자 다른 아이가 실실 웃으며 걸어오더니 먼저 사진을 낚아채듯 주웠다. 나는 화가 치밀어 올랐다. 아이는 사진을 들여다보며 말했다.

"니 애인이냐? 애인이 왜 이렇게 삭았냐?"

아이는 실실 웃으며 약 올리듯 사진을 흔들었다. 내가 와락 달려들어 사진을 빼앗으려 하다가 그만 사진을 찢고 말았다.

아이는 찢겨진 사진을 손으로 움켜쥐었다가 편 다음 바닥으로 떨어뜨렸다. 나는 나오려는 눈물을 애써 삼키면서 사진을 주워 내 책상 위에 올려놓고 그 아이의 자리로 달려가 아이의 가방을 들어 내용물을 바닥에 쏟아 놓았다. 여자 아이돌 사진이 실린 표지의 잡지책과 스프링 공책, 볼펜, 샤프 등과 담배, 라이터가 바닥으로 보기 좋게 떨어져 제각각 착지했다. 그 광경을 본 아이가 눈을 동그랗게 뜨고 달려왔다. 나는 방어하려고 의자를 들어 올렸다. 그 때 수업 시작종이 울려서 의자를 내려놓고 자리로 돌아가면서 말했다.

"앞으로 날 건들기만 해. 이보다 더한 일이 벌어질 테니."

아이는 얼굴이 일그러진 채로 바닥에 널브러져 있는 물건들을 가방에 주워 담느라 정신이 없었다. 숨겨 두었던 비밀들을 수습하느라 허둥거리는 모습에서 나약함이 느껴졌다. 나의 과감한 행동에 기선 제압이 된 것일까? 잠시나마 걱정보다는 통쾌한 마음이 들면서 자신감이 생겼다. 바닥이 거의 다 정리되었을 때 선생님이 들어왔다.

수학 시간이었다. 수학 선생님의 수업 방식은 질문을 던지고 빠른 답을 요하거나 학생을 지목해 칠판에 문제를 풀게 하는 식이었다. 선생님이 칠판에 문제를 적고 답을 물었다. 나는 연습장에 재빨리 풀었다. 중국어는 아직 초보단계라서 다른 아이들보다 뒤쳐졌지만 수학 기호들은 세계 공통 용어이기 때문에 내 실력을 충분히 발휘할 수 있었다. 나는 '두려워하면 쟤들한테 지는 거야.'라고 주문을 걸며 아이들에게 강한 이미지로 보이기 위해 자신 있게 대답했다.

"21이요."

"정답."

수학 문제가 운 좋게 술술 잘 풀렸다. 한국에서는 수업 시간

나의 엄지손가락

에 아는 문제도 선뜻 대답하지 못했다. 아이들이 재수 없다고 꼬투리를 잡았기 때문이다. 한국 학생들로 득실거리는 이 교실에서도 잘난 체하는 내가 재수 없게 느껴지겠지만 정면 돌파해 볼 생각이다. 주눅 들면 들수록 아이들은 더 얕보는 습성이 있다는 것을 다시금 깨달았기 때문이다.

"이 문제의 답은?"

"마이너스7이요."

"오! 빙고. 정답."

내 입에서 척척 정답이 나오는 것을 보고 선생님이 감탄을 하며 칭찬했다. 앞에 앉은 아이들이 뒤를 돌아보았다. 선생님이 칠판을 탁탁 두 번 치더니 칠판에 쓴 문제를 가리키며 뒤를 돌아본 한국 아이 한 명을 지목해 앞으로 나오라고 했다. 선생님은 한국 학생들이 수학을 잘한다고 칭찬하면서 문제를 풀어 보라고 했다. 아이는 칠판을 바라보고 서서 한 글자도 쓰지 못하고 부동자세로 서 있었다. 선생님은 웃으면서 들어가라고 하고 나에게 나와서 풀어 보라고 했다. 나는 막힘없이 술술 풀어 나갔다. 문제가 잘 풀려서 손이 칠판 위에서 춤을 추는 것처럼 느껴졌다. 마지막에 정답을 쓰고 난 뒤에는 엔도르핀이 솟구쳐 오르는 걸 느꼈다.

"정답! 아주 잘했어요."

선생님이 질문을 던지는 수학 문제를 풀다 보니 끝나는 종이 울렸다. 화장실에 다녀오려고 일어나려 하는데 앞에 나가서 수학 문제를 못 풀었던 아이가 플라스틱 물병을 가지고 내 앞으로 다가왔다. 아이는 물을 마시더니 남은 물을 책과 공책 위에 쏟아부었다. 나는 화가 나서 물병을 낚아채 남은 물을 입에 넣고 아이의 얼굴에 뿜어 버렸다. 나를 괴롭히는 아이에게는 '눈에는 눈 이에는 이'로 대처할 생각이었다. 아이는 물벼락을 맞고 나에게 달려들더니 나를 마구 때렸다. 주변에 있던 아이의 친구들도 합세했다.

"야! 나라 망신 좀 그만 시켜! 재수 없어!"

"같은 동포끼리 왜들 그러시나? 난 공부 못하는 꼴통들보다는 서준 재가 훨씬 멋있어 보이는데."

해주가 먼저 말하고 그 옆에 서 있는 여학생이 나를 힐끔 쳐다보며 말했다. 수학 문제 몇 개 잘 풀었다고 공부 잘하는 사람으로 우대받은 것은 난생처음이었다. 근심은 사라지고 짜릿한 기분이 잠시 지속되었다.

"좆만 한 새끼가 정말 좆같네."

나의 엄지손가락

누가 해야 할 소리인지 모르겠다는 생각이 들었다. 아이들은 나에게 욕을 퍼붓고 사라졌다. 스페인, 일본, 러시아의 학생들이 나를 향해 엄지손가락을 들어 보이면서 미소를 보냈다. 그들의 눈에도 그 아이들 무리가 눈엣가시로 보였나 보다. 나도 엄지손가락을 들어 답례를 해 주려다 밴드로 감겨져 있는 것을 떠올리며 그냥 멋쩍게 웃어 보이고 말았다. 교실에서 내 편이 생긴 것 같아 위로가 되었다.

수업이 모두 끝나고 기숙사로 돌아가는데 아이들이 길을 막았다.

"야! 아까 내 가방 사건 빚은 갚고 가야지?"

"나는 너희들이 내게 진 빚을 받았을 뿐이야."

주눅 들지 않고 당당하게 말했다. 나를 지지해 주는 아이들이 있다고 생각하니 용기가 났다. 내가 큰 소리를 질렀을 때와 바닥에 가방을 쏟았을 때, 그리고 아이의 얼굴에 물을 뿜었을 때 아이들이 당황하며 주춤하는 두려움을 보았기 때문에 그 아이들이 별것 아니라는 생각도 들었다.

"어쭈! 그냥 가면 안 되지."

내가 무시하고 그냥 가려는데 한 아이가 한 손으로 담배를 꺼내 물고, 한 팔을 들어 가로막았다. 아이들은 자신을 강하게 보이고 싶을 때 담배를 꺼내 무는 경우가 있다. 나도 하얼빈에 있을 때 담배도 잘 못 피우면서 몇 번 그런 적이 있다. 아이들은 나를 둘러싸고 뭔가 기대에 가득 찬 눈빛으로 비아냥거리며 웃고 있었다. 나는 아이가 물고 있는 담배를 낚아채 한 모금 빨고 나서 담뱃불을 내 손바닥에 짓이겨 담배 주인에게 던져 버렸다. 내가 비록 키도 작고 약해 보이지만 그들보다 더 강한 이미지로 각인시켜 줄 필요가 있다고 생각했기 때문이다. 그래야 이곳에서 살아남을 수 있을 것 같았다.

'작지만 힘도 세고 공부도 잘하는 아이.' 이러한 이미지는 그동안 내 인생에서 생각해 볼 수 없는 것이었다. 내 행동을 보고 아이들이 흠칫 놀라는 눈치여서 성공이라 생각했다. 그 때 선생님이 소리치며 달려왔다.

"너네 뭐야!"

아이들은 사방으로 흩어지며 도망쳤다. 선생님이 내게 다가와 손을 내려다보았다.

"너도 쟤네와 한 패거리니?"

"아닙니다."

나의 엄지손가락

"잠깐 교무실로 가자."

"선생님, 잠깐만요."

선생님이 내 손을 끌고 가려 할 때 해주 목소리가 들렸다. 선생님은 내 손을 놓고 해주를 바라보았다.

"이 아이는 피해자예요. 가해자는 이 아이를 둘러싸고 있던 아이들이고요."

"이 손도 여기 있던 아이들이 그런 거냐?

선생님은 손바닥이 검고 붉은 쪽의 내 손을 들어 보이며 말했다.

"숙소 들어가면 꼭 소독하고 연고도 바르는 게 좋을 것 같구나. 그리고 여기 모여 있던 아이들 이름 모두 적어서 내일 교무실로 가져와."

"네."

나는 작은 소리로 대답했다.

"한국 애들, 문제 많아."

선생님은 중얼거리며 교무실 쪽으로 걸어갔다. 기분이 좋지 않았다.

"어떻게 된 거야?"

내가 해주에게 물었다.

"손은 괜찮니?"

해주가 대답 대신 말했다. 나는 슬그머니 다친 손을 뒤로 감추었다.

"응. 근데 너랑 선생님은 어떻게 알고 왔냐고."

"아이들이 너를 괴롭히려고 빙 둘러싼 걸 보고 선생님한테 가서 SOS 좀 청했지. 쟤네들은 한국 망신 다 시키고 다니는 놈들이야. 재수 없게."

"그랬구나. 안 그래도 되는데."

나는 얼굴이 후끈 달아올라 얼른 뒤돌아 기숙사를 향해 걸어갔다. 해주의 지나친 친절이 나를 무안하게 만들어 마음에 들지 않았다. 해주에게는 위험에 빠진 친구를 구해 준 의로운 행동이었겠지만 나에게는 쪽팔림 그 자체였다.

4. 서호 나들이

아이들은 먹잇감에 미각을 잃은 듯 나에 대한 관심을 점점 거두어 갔다. 그동안 계속 전학할 학교를 찾아보고 있었지만 내 구미에 맞는 마땅한 곳을 찾지 못했다. 대부분의 학교가 유학원을 끼고 있거나 유학생을 국제부가 따로 관리해 주고 있어 학비가 비슷했다. 상진이는 나에게 여기서 잘 지내고 꼭 살아남으라는 메시지만 달랑 남기고 상해로 전학을 갔다. 나는 해주와 친해지고 나서 함께 얘기하며 지내는 아이들이 늘었다.

내 삶이 잠잠해진 뒤로 시간이 성큼성큼 지나가는 것 같았다. 어느덧 1학년의 마지막 휴일을 맞이했다. 학생들이 대부분 휴일에는 집에 다녀오는데 이번에는 가지 않는 아이들이 많은 것 같았다. 4일간의 휴일이 끝나고 10일 더 학교를 다니고 나면 여름 방학에 들어가기 때문이다. 여름 방학이 끝나면 2학년으로 바로 올라가게 되어 이번 4일의 1학년 마지막 휴일을 친구들과 보내려고 집에 가지 않는 것이다. 중국은 한국과 학제가 다르기 때문에 1학기가 9월에 시작되고 2학기는 3월에 시작된다.

기숙사 아이들이 재잘거리며 우르르 몰려 나가고 있었다. 그 모습은 마치 한국에 있을 때 엄마와 순천만에 여행 가서 보았던, 하늘을 자유롭게 비상하는 가창오리 떼 같아 보였다. 그들의 걱정 없는 모습이 부러웠다. 아이들은 시내에 나가 PC방에서 게임을 하거나 포켓볼을 치러 갈 것이 뻔했다. 아이들이 거의 빠져나갔을 때 배가 고파 요기를 하려고 햄버거를 사러 나갔다.

잔잔하게 불어오는 바람에서 더위가 느껴졌다. 햄버거를 하나 사서 나오는데 문에서 해주와 마주쳤다.

"안녕! 너도 햄버거 먹게?"

해주가 손을 흔들며 말했다.

"너는 왜 안 나가?"

해주를 따라 가게 안으로 다시 들어가며 물었다.

"응. 그냥."

나의 엄지손가락

"아~ 너도 게임에는 흥미가 없나 봐?"

내가 대화를 이어 가기 위해 물었다.

"나는 게임 안 해. 너는 뭐 할 거야?"

"뭐 좀 찾아볼 게 있어서 바빠."

왕따 아닌 왕따를 인정하고 싶지 않아서 거짓말을 했다.

"얼굴에 심심하다고 씌어 있는데 바쁘긴 뭐가 바쁘냐? 우리 바람 쐴 겸해서 서호에 가서 자전거나 타고 올까? 너 자전거 탈 줄 알지?"

자전거를 타 보긴 했는데 초등학교 이후로 자전거를 타지 않았기 때문에 자신이 없었다. 하지만 딱히 할 일이 없어 가자고 답했다.

"거기는 관광지라서 입장료 비싸지?"

"입장료는 없어. 배 안 탈 거면 돈은 안 들고 자전거 보증금만 있으면 돼. 너는 그냥 따라만 와. 택시비와 자전거 보증금은 내가 낼게."

해주는 내 속사정을 잘 알고 있는 것 같았다. 나는 해주가 햄버거를 주문하러 간 사이 빈자리에 앉아 기다렸다. 해주는 풍성한 햄버거 세트가 담긴 쟁반을 들고 왔다. 감자튀김을 내 앞으로 밀어 주면서 먹으라고 했다. 오랜만에 먹어 보는 감자튀김이 참 맛있었다. 우리는 다 먹고 밖으로 나가 택시를 잡아타고 서호로 갔다. 서호까지는 택시로 15분 정도 걸렸다.

호수가 어마어마하게 커서 놀랐다. 크기로 보아서는 호수가 아니라 강이라 해야 맞을 것 같았다. 해주가 화장실에 다녀온다 며 잠깐 자리를 비운 사이 서호에 관한 설명이 적혀 있는 안내 표 지판을 훑어보았다.

서호는 2000년 전에 첸탕강의 일부였는데 세월이 흐르면서 자연적으로 진흙과 모래가 쌓이면서 막혀 육지의 인공호수로 만 들어졌다고 한다. 서호라는 이름은 중국 4대 미녀 중 한 명인 서 시의 미모와 견주어 볼 수 있을 만큼 그 아름다움이 빼어나 붙 여졌다고 했다. 호수의 크기는 면적이 약 6.3km²고, 총 둘레는 약 15km에 달해 놀라웠다. 경관이 아주 뛰어나 많은 시인들이 영감 을 받아 서호를 소재로 지은 시들도 많다고 한다.

설명을 다 읽고 뒤돌아서 사방을 둘러보며 해주를 찾아보 았다. 한참이 지났는데 화장실 입구 쪽을 아무리 봐도 해주의 모 습이 보이지 않았다. 화장실에서 무슨 일이 생긴 것은 아닌지 걱 정이 되었다. 불안감이 가슴을 옥죄어 왔다. 옆에 놓고 간 해주의 가방을 들어 안을 들여다보았다. 가방 속에는 화장지와 손수건 그리고 책 한 권이 들어 있었다. 그 사이로 지갑이 보였다. 지갑을 살짝 꺼내 열어 보니 100위안짜리 한 장과 50위안, 10위안짜리 지폐 몇 장과 동전들이 있었다. 100위안을 빼서 내 주머니에 찔러 넣었다. 불안한 마음이 진정되는 것 같았다. 가방을 내려놓고 아무래도 찜찜해 다시 넣어 놓으려고 돈을 꺼내는데 해주가 화장실 반대편에서 뛰어오고 있었다. 손을 얼른 주머니에서 빼고 태연한 척했지만 팔다리에 힘이 풀렸다.

'설마 본 건 아니겠지?'

"어디 갔다 와?"

해주가 가까이 다가오자 아무 일도 없었던 것처럼 천연덕스럽게 물었다. 해주는 후다닥 가방을 들며 말했다.

"화장실 갔다가 자전거 빌리러 갔는데 지갑을 안 가져갔어. 같이 가자."

나는 해주의 뒤를 따라갔다. 자전거 대여점 앞에서 해주는 지갑을 열더니 고개를 갸우뚱거렸다. 얼굴이 화끈거리고 가슴이 두근거렸다.

"하나만 빌렸어. 내 지갑에 분명히 100위안짜리가 있었는데 내가 기숙사에 놓고 왔나 봐. 그냥 같이 타자. 어차피 나는 잘 못 타."

"……."

나는 말을 더듬을까 봐 대답을 하지 않았다. 해주가 빌려 온 자전거는 내 키에 알맞는 초등학생용인 것 같았다.

"야! 뭐 해. 얼른 타. 가만, 너 엄지손가락은 왜 그래? 피 좀 봐."

어느새 엄지손가락이 입속으로 들어가 물어뜯기고 있었다.

"응? 으응~ 괜찮아."

"뭐가 괜찮니? 그 밴드도 좀 갈아야 될 것 같은데? 이리 와 봐."

해주는 가방에서 휴지와 손수건을 꺼냈다. 나는 얼른 손가락을 뒤로 감추었다.

"손 이리 줘 봐."

해주는 허락도 없이 내 손을 끌어가 밴드를 풀었다. 창피했지만 어쩔 수 없이 손가락을 해주에게 맡겨야만 했다. 손이 이미 피범벅이 되어 있었기 때문이다.

"야! 너 꼭 봉숭아 물 들인 것 같아."

"봉숭아 물?"

"너 봉숭아 물 들여 봤어?"

"아니."

해주가 나를 배려해서 화두를 돌린 것 같았다. 해주는 화장지로 피를 닦아 내고 손수건으로 감아서 꼭 쥐고 한참을 지압해 주었다. 누나가 있다면 이런 느낌일까? 해주가 엄마처럼 포근하게 느껴졌다. 우리가 친구라는 것을 말하지 않으면 사람들은 해주와 나를 누나와 동생으로 생각할 것이 분명했다. 해주가 나보다 키와 덩치가 더 크기 때문에 우리는 누나와 동생이 자전거를 타러 나왔거니 생각하기 쉬운 모양새였다.

"야! 이제 피 안 날 거야. 얼른 자전거 타자."

해주가 상처에 손수건을 감아 주고 말했다.

"나도 오랜만에 타 보는 거라서 연습 좀 해 봐야 할 것 같은데? 잠깐만 기다려 봐."

나는 자전거 안장에 올라타 오른쪽 발을 페달에 올려놓으며 말했다. 페달을 힘차게 굴려 앞으로 나갔다. 처음 몇 번 비틀거리더니 예전 실력으로 되돌아왔다. 가슴에 안기는 시원한 바람의 느낌이 좋았다.

매년 존재를 느끼지 못했던 여름 바람이 오늘따라 코를 통해 가슴 깊숙이 들어와 여름 향기를 뿌렸다. 이 땅의 존재들은 장소와 상황에 따라서 존재감이 다르게 드러나는 것 같았다. 잠시나마 여유를 만끽하는 느낌이 들어 마음이 평온했다. 주변 한 바퀴를 돌아서 해주 앞으로 가 자전거를 세웠다. 해주는 뒤로 가서 다리를 양옆으로 늘어뜨리고 앉더니 내 허리를 잡고 양쪽 발을 바퀴 옆에 올려놓고 안전한 자세를 취했다. 내 허리를 잡은 해주의 손이 안정적으로 느껴졌을 때 페달을 힘껏 굴렸다. 서호의 경관이 눈부시게 아름다웠다. 군데군데 물위로 솟아 있는 작은 섬들도 신비스러워 보였다. 수많은 배들이 오가는 것을 보다가 멀리 보이는 섬들에 대한 궁금증이 일었다.

"너, 여기서 배 타고 저 섬에 가 봤어?"

"응. 저 배를 타면 섬 세 곳을 둘러볼 수 있어. 오늘은 늦었고 다음에 기회 되면 한번 타 봐."

"그래야겠네."

우리는 1시간 정도 돌고 나서 자전거를 반납하고 서호 주변을 산책했다.

"넌 집이 어디야?"

나의 엄지손가락

궁금해서 물었다.

"주지."

"주지? 한국에 그런 지역도 있어?"

"한국이 아니라 여기 중국에 있어. 중국어 발음으로는 주저우라고 해."

"뭐? 그럼 너희 집이 중국이야? 그런데 왜 집에 안 가고 여기에 와서 있어?"

"응. 우리 엄마가 주재원이야. 엄마가 나 초등학교 때 항저우 지사로 발령받아서 왔어. 그래서 집이 여기 항저우였는데 엄마가 또 주저우 지사로 발령을 받아 이사를 갔거든."

"거기는 학교가 없어?"

"아니. 우리 집 바로 앞이 학교야. 내 동생은 그 학교에 다녀."

"근데 너는 왜 전학을 안 갔어?"

"그냥 여기가 좋아서 졸업하고 가려고."

"니 동생은 어려서 그냥 엄마를 따라갔나 보다. 친구들은 여기에 더 많을 텐데."

"그건 아니고 거기는 등록금이 싸. 거기는 국제부가 없고 전교에서 한국인 학생이 세 명밖에 안 돼."

등록금이 싸다는 말에 솔깃했다.

"등록금이 얼만데?"

"우리 학교 등록금의 반 정도 될걸? 그래도 중국 학생보다는 조금 비싸게 받아. 웃기지?"

"헐, 학비가 그렇게 싼데 네 엄마가 너한테 거기로 오라고 안 해?"

"내가 거기는 싫다고 했어. 시설이 너무 안 좋아. 중국인 전용 시설밖에 없어서 적응하기 힘들 것 같고. 내 동생은 그런 거 별로 신경 안 써서 간 거야."

해주 동생이 다니는 학교라면 믿을 만한 곳일 것 같아서 그쪽으로 전학을 알아봐야겠다고 생각했다. 지금 내가 다니고 있는 학교 등록금의 반값이라면 엄마에게도 걱정을 덜어 줄 것 같았다. 전학을 가려면 2학기가 끝나기 전에 빨리 알아봐야 해서 마음이 급해졌다. 오늘 해주를 따라나선 것은 정말 잘한 일이었다. 해주에게 그 학교에 대해 궁금한 것들을 모두 물었다. 시설이 얼마나 나쁜지는 모르지만 그런 걸 따질 때가 아니었다.

해주는 내가 말하는 것을 듣고 내 사정을 어느 정도 눈치챘

나의 엄지손가락

는지 돈을 아낄 수 있는 많은 정보들을 늘어놓았다. 돈을 아끼기 위해서 비자 연장은 학교에 맡기지 말고 직접 발품을 팔아서 해결하라고 했다. 대부분 유학생들은 학교에 많은 돈을 내고 비자 연장을 맡기고 있었다.

"넌 집에 안 가?"

"10일 학교 다니고 나면 곧 여름 방학이기도 하고, 엄마 아빠가 한국에 잠깐 들어가서 이번에는 안 가려고 하는데 왜?"

"아니, 그냥. 아빠도 여기 계셨구나. 아빠도 회사 다니셔?"

"아니, 아빠는 사업해. 양말과 진주. 주저우에는 양말 공장이 많고 엄청 큰 진주 백화점이 있어. 중국에서 파는 진주들은 모두 주저우에서 나가는 거래. 차 타고 돌아다니다 보면 진주조개 양식장도 엄청 많아."

"와~! 가 보고 싶다. 사실은 내가 학교를 옮겨야 할 것 같아서 그러는데 너 집에 갈 때 나도 같이 가서 네 동생이 다니는 학교 가 봐도 될까?"

"그래. 여름 방학에 나 집에 갈 때 같이 가자."

"고마워!"

해주가 바로 대답해 주니 너무 고마웠다. 해주는 나의 가려운 곳을 너무 잘 알고 있는 것 같아 어떤 때는 창피하기도 하지만 고마울 때가 더 많았다. 여름 방학에 해주를 따라가서 동생이 다닌다는 학교에 찾아가 전학 상담을 해 봐야겠다고 생각했다. 학교 이름은 쩐주우라고 했다.

기숙사로 돌아와 쩐주우학교에 대한 정보를 검색했다. 인터넷에 떠도는 정보들은 별로 없었다. 전교 학생 중에 한국인이 세 명밖에 안 되는 걸 보니 유학원을 통하지 않는 학교인 것은 분명했다. 유학원을 끼고 있는 학교라면 인터넷에 수많은 정보들을 도배하고도 남았을 텐데. 오히려 다행일지도 모른다 생각했다. 차라리 한국인이 없는 곳에서 새롭게 시작하는 편이 더 나을 것 같았다. 하지만 마음은 두려움 반 설렘 반이었다.

나의 엄지손가락

5. 해주네 집

여름 방학 들어가기 전에 해주의 도움을 받아 학교에서 미리 전학 서류를 준비했다. 내가 전학을 꼭 해야 하는 상황이라면 전학 서류를 미리 준비해서 가는 것이 좋겠다고 해주가 조언해 주었기 때문이다. 10일 동안의 학교생활이 끝나고 여름 방학에 들어가는 날 해주 집으로 갔다. 차에서 내려 해주가 안내한 집은 겉보기에 허름한 아파트였다.

"여기가 너네 집이야?"

"응. 들어가자."

해주네 집은 2층이라서 계단을 걸어 올라갔다. 아파트 겉모습이 많이 낡아 보여서 해주 가족이 해외에 나와서 잠깐 머무는 집이라서 저렴한 집을 구했거니 생각했다. 편히 쉴 곳이 있어서 안도감은 들었지만 허름한 집의 겉모습은 내 마음을 불편하게 했다. 방도 두 칸밖에 안 될 것 같은 좁고 허름한 집에서 며칠간 신세를 질 것을 생각하니 미안했다. 해주 동생이 남자아이라고 했으니 동생 방에서 함께 지내야 할지도 몰랐다.

현관문은 새로 교체한 것 같아 보였다. 해주가 고급스러워 보이는 도어락에 카드를 댔다. 중국에서 안전하게 살려면 현관 열쇠만큼은 정교하고 튼튼해야 하기에 현관 열쇠를 최신형으로 바꾼 모양이었다.

해주가 문을 열고 들어가자 나도 뒤따라 들어갔다. 집 안으로 들어가니 유리문이 하나 더 있었다. 나는 유리문을 통해 안을 들여다보고 깜짝 놀랐다. 해주가 중간 문을 열고 들어갔는데도 나는 밖에서 몸이 경직되어 한동안 멍하니 서 있었다. 대궐 같은 거실이 눈에 들어왔기 때문이다. 커다란 거실에 놓인 고급스런 장식장과 장식품들, 코너마다 놓인 내 허리와 어깨까지 닿을 법한 도자기들, 넓은 거실에 자리한 화려한 조각이 새겨진 의자들과 대리석 탁자, 베란다의 작은 정원 등은 아파트 겉모습만 보고는 상상할 수 없는 모습이었다. 말 그대로 호화 주택이었다. 마치

돈 많은 부자가 돈 있는 티를 내지 않으려고 허름한 옷을 입고 다니거나 귀중한 보석을 노출시키지 않으려고 허접한 포장지로 대충 감싸 둔 것과도 같았다. 작은 정원에 소담스럽게 피어 있는 붉은 봉숭아꽃이 눈에 확 띄었다. 한국에서 흔하게 보았던 봉숭아가 고향 사람을 만난 것처럼 느껴졌다. 중국 거리에서는 볼 수가 없었기 때문에 신기하기도 하고 더 반가웠다.

"네가 준이구나! 해주에게 얘기 들었어. 반가워."

해주 엄마가 문 앞까지 걸어와서 나를 반겨 주었다.

"네. 죄송해요."

"죄송하긴. 해외 나오면 동포끼리는 가족이나 마찬가지야."

해주 엄마는 자주색 원피스를 입고 머리는 어깨까지 늘어뜨려 몹시 젊어 보였다. 티셔츠에 청바지 차림의 털털한 해주와는 다른 이미지였다. 모르는 사람은 둘을 모녀로 생각하지 않을 정도로 확연히 다른 모습이었다.

해주는 엄마 옆으로 가서 앉았다. 둘이 앉아 있는 모습은 모녀가 아니라 성향이 다른 자매처럼 보였다. 해주 엄마 목에 걸려 있는 굵직한 진주 목걸이가 얼굴을 더 환하게 밝혀 주는 듯했다. 해주 엄마는 해주를 처음 보았을 때의 친근함과는 달리 좀 거리감이 느껴졌다.

엄마라는 이름을 가진 사람들은 모두 우리 엄마처럼 털털해야 내 마음이 편한가 보다. 어쩌면 그래서 해주가 편했는지도 모른다. 나는 이제까지 엄마가 치마를 입은 모습을 한 번도 보지 못했다. 엄마 목에 목걸이가 걸려 있는 것도, 손에 반지가 끼워져 있는 것도 본 적이 없었다. 갑자기 엄마가 보고 싶었다.

"혼자 힘들지?"

엄마 생각에 목이 메여 멋쩍은 미소로 대신 답하고는 눈물이 흘러내리지 못하도록 눈을 깜박거려 눈물을 삼켰다.

"엄지손가락은 왜 그러니? 다쳤니?"

손수건으로 감겨져 있는 엄지손가락을 보고 해주 엄마가 말했다.

"아뇨. 괜찮아요."

오른손 엄지손가락을 왼손으로 감싸 쥐며 말했다.

"오늘은 푹 쉬고 내일 아줌마와 학교에 가 보자."

"네. 감사합니다."

그동안 학교에서 당했던 서글픔이 또다시 되살아나 눈에 눈물이 번졌다. 눈동자는 눈물을 삼키려고 산만하게 움직였다. 해

주는 나를 힐끔 쳐다보더니 일어나 주방으로 가서 물을 가지고 왔다.

"야! 준, 물 좀 마셔."

나는 말없이 컵을 받아 들어 물을 마셨다. 물이 가슴에 맺혀 체할 것만 같았다. 물을 마시는 동안 눈물이 눈 속으로 스며들어 갔다.

"여기 학교는 국제부가 없어서 후견인이 필요해. 해주가 부탁해서 아줌마가 네 후견인이 되어 주기로 했어. 얼굴 보니까 공부를 아주 잘하게 생겼구나."

"네. 감사합니다."

감사하다는 형식적인 말밖에 특별히 할 말이 없었다. 공부 잘하게 생긴 얼굴은 어떻게 생긴 얼굴일까? 어른들이 만들어 낸 얼굴 모양일까? 나는 어렸을 때부터 얼굴이 공부 잘하게 생겼다는 말을 자주 들어 왔다. 하지만 매번 그 말이 무색하게도 공부 성적이 좋지 않았다. 그러니 공부 잘하게 생겼다는 말은 항상 부담스러울 수밖에 없었다.

"얘는 왜 또 안 들어 와? 게임하러 갔나?"

해주 엄마가 시계를 보면서 말했다. 해주 동생을 말하는 것 같았다. 호랑이도 제 말 하면 온다더니 현관문 열리는 소리가 났다. 꼬질꼬질해 보이는 남자아이가 들어오면서 나를 힐끔 쳐다봤다.

"어휴, 담배 냄새! 또 게임방 갔었니? 아빠도 곧 오실 거야. 얼른 씻어."

"옛썰. 근데 얘는 누구야?"

해주 동생이 나를 가리키며 말했다. 해주 동생은 키와 덩치가 작은 내가 자신보다 어리다고 생각했던 모양이다.

"얘가 아니라 형이야. 해주 누나 친구."

내가 '얘'라는 말에 몹시 당황해 하고 있는데 해주 엄마가 얼른 말을 꺼내 수습했다. 해주 동생은 내 눈치를 살피고 알았다는 듯 고개를 끄덕이더니 욕실로 들어갔다.

해주 아빠는 어떤 분일지 궁금했다. 진짜 아빠에 대한 감정은 잘 모르지만 초등학교 때 친구 집에 놀러 가 아빠들을 보면 대부분 무표정이어서 엄격해 보였다. 친구 집에 놀러 갔을 때마다 아빠들은 대부분 무표정으로 소파에 누워 TV를 보고 있거나 방에 들어가 낮잠을 자는 모습이었는데 해주 아빠도 그런 전형적인 한국 아빠의 모습일까?

욕실에서는 한국 아이돌의 노래가 흘러나오고 뒤를 이어 샤워기 물소리가 음악 소리와 포개졌다. 요란스러웠다. 해주 동생은 겉모습은 중국인이고 속은 한국의 보통 학생 같았다. 아이가 샤워를 끝내고 나오자 현관문 여는 소리가 들렸다. 해주 아빠였다.

"아빠! 안녕."

"아이고 우리 딸 해주 왔구나? 손님도 와 있었네? 해호 친구니?"

"아니, 아빠 지금 실수했어. 해호 친구가 아니라 내 친구야."

이번에는 해주가 아빠의 말을 수습했다. 어쩌면 나를 해주 친구보다는 해주 동생 해호의 친구로 착각하는 것이 당연했다. 이 세상 사람들은 대부분 어떤 기준을 가지고 생각하기 때문이다. 해주 아빠는 내 상상과는 달리 무뚝뚝한 아빠가 아니라 상냥한 아빠 이미지였다. 말투에서 자상하고 인자함이 묻어났다. 우리 새아빠와 이미지가 닮은 것 같아 어색하지 않았다. 그동안 나는 새아빠가 나에게 잘 보이려고 친절한 것이라 생각했는데 해주 아빠와 닮은 것을 보고 그 사람의 성향이라 이해되었다. 해주 아빠는 청바지와 티셔츠 차림이 해주와 취향이 같아 보였다.

"아이쿠. 미안, 미안."

해주 아빠가 나에게 웃으며 사과했다.

"이 친구가 해호네 학교로 전학하고 싶어 해서 우리가 도와주려고."

해주가 말했다.

"그래, 잘했다. 타국에서 혼자 힘들 텐데 같은 동포끼리 돕고 살아야지."

"당연히 그래야지. 그치? 서준?"

해주가 나를 바라보며 장난 끼 있는 말투로 대답했다.

"이야~ 봉숭아꽃이 이제 만발했네! 올해도 저놈이 지키고 있어서 우리 집은 병마가 얼씬도 못 하겠네. 바이러스도 얼씬 못할 거야."

"에이구! 아빠는 또 미신 타령! 그런 게 어디 있다고."

"혹시 아니? 그런 게 진짜 있을지. 흐흐흐흐."

해주 아빠가 좀비 흉내를 내며 해주에게 달려들었다. 해주는 싱겁다는 듯이 웃어넘겼다. 해주가 아빠와 장난치는 것을 보고 새아빠 생각이 났다. 나도 시간이 좀 흐르면 해주처럼 새아빠를 격 없이 대할 수 있게 될까?

해주 가족과 이렇게 인사가 끝나고 해주가 나를 방으로 안내했다. 방이 네 칸이라서 한 칸은 손님방으로 쓰고 있다면서 나를 그쪽으로 데려갔다. 엄마에게 톡으로 해주 가족 이야기와 이튿날 해주 엄마와 등록금이 저렴한 학교에 가서 상담하고 전학을 결정할 예정이라고 이야기해 주었다. 엄마는 랑랑에게 실망을 했는지 중국인은 신뢰가 안 간다면서 한국인의 도움을 받아서 마음이 놓인다고 했다. 그리고 한 학기 잘 버티다 보면 그사이 새아빠 사업이 잘될 수도 있으니 돈 걱정 말고 공부에 전념하라고 했다. 엄마가 그렇게 말해 주니 안심이 되었다. 무엇보다 엄마가 안정되어 보여서 좋았다.

이튿날 해주 엄마와 해주와 함께 쩬주우학교에 가서 상담을 했는데 마음에 들어 전학까지 결정하고 왔다. 큰 과제를 하나 끝낸 것 같아 마음이 홀가분했다. 해주 엄마는 이번 방학에 한국에 들어갈 계획이 없다면 지금 쓰고 있는 방을 쓰면서 여름 방학을 해주 집에서 보내도 된다고 했다. 너무 고마웠다. 이번에 어쩔 수 없이 한국에 들어가야 한다면 이모할머니 집에 가서 보내려고 했는데 잘되었다고 생각했다. 이모할머니 집도 할머니가 연세가 많으셔서 내가 가서 생활할 만큼 편한 곳은 아니었다.

해주 집에서 머물면서 나는 거의 방 안에서 랑랑과 상진이와 톡도 하고 게임도 하며 지냈다. 더워서 밖에 나갈 엄두가 나지 않았기 때문이기도 했지만 돈을 최대한 절약하기 위해서였다. 랑랑은 영국으로 유학을 갈 예정이라 했고, 상진이는 이번 방학에 한국에 들어갔다 올 거라며 방학 끝나면 상해에 한번 놀러 오라고 했다. 상진이가 전학한 뒤로 밝게 변한 걸 보니 학교생활이 만족스러운 모양이었다. 나도 이번 전학이 상진이처럼 잘 풀렸으면 좋겠다고 생각했다. 랑랑을 한 번 더 못 보고 온 것은 아쉬웠다. 랑랑이 한번 만나자고 할 때마다 서로 날짜가 안 맞아 날을 잡지 못했다. 내게 전학 문제가 더 시급했기 때문에 경황이 없기도 했다. 대신 온라인에서 자주 만나 이야기하면서 더 정이 들고 전보다 친해진 것 같았다.

해주 집으로 오고 나서 두 번째로 맞이하는 주말이었다. 늦잠을 자고 일어나서 거실로 나가 보니 해주 혼자 TV를 보고 있었다. 부모님이 주말에 외출할 때는 거의 가족이 함께 나간다고 들었는데 해주는 나 때문에 집에 남은 모양이었다.

"일어났냐?"

"엄마 아빠는?"

"응. 잠깐 어디 좀 가셨어."

해주가 소파에서 일어나며 말했다. 그러고는 주방으로 가더니 빵과 우유가 담긴 쟁반을 들고 왔다.

"아침 먹어."

난 잘 넘어가지 않아서 한 조각만 간신히 먹었다. 해주가 베란다를 물끄러미 바라보다 나를 바라보았다.

"야, 준! 우리 봉숭아 물들일래? 너 거기 엄지손가락에 들이면 좋을 것 같은데. 상처도 표시 나지 않아서 쪽팔리지 않고. 히히, 농담이고. 봉숭아꽃이 시들려고 해서 빨리 들여야 할 것 같아."

해주가 몹시 심심한 것 같았다. 해주는 막무가내로 내 손을 끌고 베란다로 나갔다. 직설적으로 말하는 해주가 마음에 들지 않았지만 그런 면이 부러울 때도 있었다. 베란다에는 여러 화초들이 무성하게 자라 있고 꽃들도 활짝 피어 있었다. 한국에서 본 화초들도 있고 처음 보는 화초들도 있었다. 베란다에서 화초들을 바라보고 있자니 그들의 강한 생명력이 느껴졌다. 우리가 음료수 캔에 빨대를 꽂고 단물을 빨아들이듯 화초들이 유리창을 통해 들어오는 햇살을 달콤하게 빨고 있는 것 같았다. 해주는 봉숭아 꽃잎과 잎을 한 주먹 따 들고 거실로 들어가자고 했다.

"여기 중국도 봉숭아꽃이 있나 보네?"

"이건 한국에서 가져온 봉숭아 씨로 심은 건데 원래 원산지는 중국이래. 근데 꽃말이 무척 도도해."

"뭔데?"

"날 건드리지 마세요."

"정말? 그게 봉숭아꽃말이었구나!"

"너 알고 있었어?"

"아니. 예전에 꽃말 찾아보기 한 적이 있는데 그때 그 꽃말을 본 적이 있거든."

"너 되게 독특하다. 꽃말 찾기 놀이는 잘 안 하던데."

"숙제로 한 거야."

"학교에서 그런 숙제도 내? 내가 절구하고 소금 가져올게. 원래 백반을 넣어야 하는데 백반이 없으면 소금을 넣어도 된대."

해주가 손에 쥐고 있는 꽃잎과 잎사귀를 탁자 위에 올려놓으며 말했다. 주방에서 작은 절구와 소금을 가져와 절구통에 넣고 몇 번 시범을 보이더니 나에게 내밀었다. 절구가 거무죽죽하게 물들어 있는 것을 보니 봉숭아 물 전용 같았다.

"이건 네가 찧어."

해주는 나에게 찧는 일을 맡기고 자기는 랩을 잘랐다. 내가

나의 엄지손가락

쩧은 것을 보더니 다 됐다며 일회용 장갑을 끼고 내 오른 엄지손톱을 잡고 꽃 뭉치를 올려 주었다. 그다음에는 랩으로 손가락을 감싸고 그 위에 노란 고무줄로 손가락 첫마디쯤에 감았다. 내 양쪽 엄지손톱을 해 준 뒤 해주는 약지와 새끼손톱을 들였다. 많이 해 본 솜씨였다. 해호가 방에서 눈을 비비며 나왔다.

"뭐 해? 둘이 소꿉놀이하냐?"

해호가 방에서 나오는 걸 보니 이번에는 부모님만 외출한 모양이었다.

"너도 할래?"

"싫어. 엄마는?"

"아빠랑 나갔어. 식탁 위에 빵과 우유 갖다 먹어."

"싫어."

"싫음 말고."

둘의 대화가 건조하면서도 자연스러웠다. 이런 것이 친남매다운 걸까? 갑자기 수민이가 생각났다. 수민이와 나는 단둘이서 말을 해 본 적이 별로 없었다. 학교에서 집에 돌아오면 각자 방에 들어가 있다가 식사를 하거나 용변을 보거나 씻을 때만 나오게 되니까 말할 기회가 없었던 것이다. 아니, 기회가 없었다는 것보다는 서로 서먹서먹해서 기회를 만들지 않았다는 편이 맞을 것 같다. 해호는 소파에 벌렁 누워 TV를 틀었다. 해호는 해주처럼 다정다감하지 않고 성격이 무뚝뚝해 보였다. 해주가 봉숭아 물들이기 작업을 다 마치고 절구를 가지고 주방으로 간 사이 나는 슬그머니 방으로 들어왔다. 해호와는 아직 서먹해서 함께 앉아 있는 것이 불편했기 때문이다. 나는 밥 먹고 화장실 가는 것 외에는 방에서 나가지 않았다.

하룻밤을 자고 비닐 랩을 푼 손가락은 손톱 주변까지 얼룩덜룩 물들어 있어 지저분했다. 뿌리치지 못한 것이 조금 후회되었다.

"너, 어디 봐 봐. 잘 들여졌나."

거실로 나가니 해주가 말했다. 해주의 네 손가락도 피 흘리는 좀비 같아 보였다.

"너무 이상해."

"얼룩덜룩한 것은 곧 없어질 거야. 너 여기 상처도 표시 안 나고 좋네."

해주가 내 엄지손톱 밑을 가리키며 말했다. 나는 슬그머니 오른쪽 엄지손톱 밑을 살펴보았다. 일단 봉숭아 물이 내 아킬레스건을 감춰 주는 것에는 성공한 듯했다.

"근데 이걸 왜 들여? 지저분하게."

"첫눈 올 때까지 봉숭아 물이 손톱에 남아 있으면 첫사랑이 이루어진대. 히히, 농담이고. 엄마랑 나랑은 습관적으로 해마다 들여. 손가락에 물든 지저분한 것이 없어지고 나면 손톱이 무척 예뻐지거든. 그 때까지 참으면 돼."

"너도 예쁜 걸 좋아하냐? 의외네?"

예쁘다는 것은 해주 이미지와 어울리지 않았다. 내 손톱을 보니 한국에서 초등학교에 다닐 때 봉숭아 물을 들이고 온 아이들의 얼룩덜룩한 손가락이 떠올랐다.

"우리 아빠 말처럼 이제 나쁜 바이러스들이 네 곁에 얼씬도 못 할걸? 앞으로 네 건강은 그 빨간 손톱이 지켜 줄 거야. 하하하."

검붉게 얼룩덜룩해진 어색한 엄지손가락에 자꾸 눈길이 갔다. 봉숭아 물에 절어 있는 손가락이 지저분하고 산만해 보였지만 허물을 감추기에 좋은 장치인 것 같아 위안이 되었다.

6. 쩬주우학교

고등학교 1학년 1학기를 하얼빈에서 보내고 항저우 홍웨이 학교로 와서 2학기를 보냈다. 그리고 내일이면 쩬주우학교로 전학해 2학년을 맞이하게 된다. 엄마는 며칠 전 해주 엄마에게 전화해서 고맙다고 인사를 하고 난 뒤 한국 물건들을 잔뜩 사서 택배로 보내 답례했다. 내가 적어 보낸 컵라면, 핫 초코, 고추참치, 맛김 등도 해주네로 보내왔다. 엄마의 반응에서 안정감과 행복한 기운이 느껴져 마음이 흐뭇했다.

나도 이제 제자리를 찾은 것 같았다. 해주는 어제 항주로 돌아갔고 나는 내일 전학 수속을 밟는다. 나는 가방을 열어 빠진 것이 없는지 확인했다. 돈을 확인해 보려고 지갑을 열었다가 서호에 자전거 타러 갔던 날 해주 지갑에서 꺼낸 100위안이 생각났

나의 엄지손가락

다. 빨아서 네모반듯하게 개어 넣어 둔 손수건도 깜박하고 주지 못해 그대로 있었다. 100위안은 언젠가 해주 가방에 넣어 놓으려고 생각하고 있었는데 기회가 없었다. 이때가 기회다 싶어 얼른 100위안을 꺼내 손수건과 함께 들고 거실에 아무도 없는 틈을 타서 해주 방으로 들어가 책상 서랍에 넣고 나왔다. 해주 지갑에서 돈을 꺼낸 뒤로 계속 마음의 빚으로 남아 있어 찝찝했는데 갚고 나니 마음이 한결 편안해졌다. 가방을 한 번 더 확인하고 잠자리에 들었다. 마음이 편안해서 잠이 스르르 쏟아졌다.

아침 일찍 일어나 간단하게 빵과 우유를 먹고 해주 엄마와 함께 학교에 갔다. 해주 엄마는 전학 수속을 마치고 나서 나를 교무실로 데려가 담임 선생님에게 인사시키고 회사에 출근했다. 선생님은 3반이 공부 잘하는 반이니 열심히 해야 할 것이라고 했다. 그리고 내 손톱을 보고는 빙그레 웃었다. 이틀 전에 미리 항저우로 간 해주에게서 학교는 어떠냐고 메시지가 왔는데 선생님과 얘기하느라고 답을 보내지 못했다.

"손톱에 이런 걸 칠하고 오면 안 돼. 내일은 지우고 와라."

선생님이 미소를 지으며 친절하게 말했다.

"칠한 것이 아니라 손톱에 봉숭아 물을 들인 거예요. 우리 한국의 전통문화거든요."

핸드폰을 켜서 번역기에 내가 할 말을 한국어로 입력해 번역된 중국어를 읽었다. 선생님은 내 손을 잡아 살피더니 고개를 갸우뚱하고 나서 알았다는 듯이 고개를 끄덕였다.

"알았다. 다음부터는 물을 들이지 마라. 넌 이 중국 학교 학생들과 똑같이 규칙을 따라야만 해."

그동안 거쳐 온 학교와는 달리 외국인 학생에 대한 예우는 없는 것 같았다. 선생님의 훈계를 듣고 나서 기숙사 사감을 소개받았다.

사감의 뒤를 따라 기숙사로 갔다. 사감은 내가 쓸 방문을 열고 들어가더니 침대와 수납장과 세면대, 화장실 등을 알려주었다. 수납장이 아래쪽이라서 다행이었다. 키 작은 나에게 배려라도 해 준 것 같았다.

"교실은?"

사감이 혼자 나가려고 해서 얼른 단어만 내뱉었다.

"내일부터 3반 교실로 가면 된다."

대답이 친절하지 않고 무뚝뚝했지만 내일 교실로 가라는 말은 또렷이 들렸다. 오늘부터 당장 수업에 들어가지 않아서 다행이었다. 아침부터 긴장을 해서인지 몹시 피곤했다.

수납장에 옷과 짐을 정리해서 넣고 방을 둘러보았다. 문 앞 바로 왼쪽으로 꼬질꼬질하고 낡은 세면대 4개가 보였고 그 옆으로 변기가 있었다. 변기 위에는 정체 모를 샤워기가 달려 있었는데 용도가 궁금했다. 오른쪽으로는 2층 침대 4개가 다닥다닥 줄지어 있었다. 그리고 침대 맞은편 벽에는 수납장이 한국의 목욕탕에서 본 탈의실 옷장처럼 일렬로 세워져 있었다. 수납장과 침대의 간격은 한 사람이 다닐 정도의 폭이었다. 시설이 넓은 대륙의 이미지와는 상반되는 느낌이었다. 거인의 소심한 마음 같아보였다. 해주가 이 학교로 전학 오기 싫어하는 이유를 바로 이해할 수 있었다. 하얼빈과 항저우에서는 외국인 기숙사에 있었기 때문에 한국과 별다른 차이점을 느끼지 못했는데 중국인 전용 기숙사에 들어오니 적응을 잘하게 될지 걱정부터 앞섰다. 방 안을 훑어보고 일단 피곤해서 배정받은 침대에 가서 누웠다. 스르르 잠이 왔다.

어수선한 소리에 잠을 깼다. 시계를 보니 저녁 9시였다. 아이들이 저녁 자습을 끝내고 숙소로 들어오는 모양이었다. 배가 출출했다. 내 저녁밥은 어떻게 되는 거지? 기숙사 현관문 여는 소리가 여러 번 들리고 아이들의 웅성거림이 들렸다. 각자 방으로 들어가는 소리 같았다. 우리 방으로도 아이들이 들어왔는데 사감이 맨 먼저 들어오고 룸메이트 일곱 명이 차례로 들어왔다.

"인사해. 오늘부터 함께 방을 쓸 한국 친구다."

사감이 나를 그들에게 소개했다. 들어온 아이들은 나를 힐끔거리며 한 사람씩 손을 내밀어 악수를 청했다. 악수를 끝낸 아이들은 모두 신기한 듯 내 손톱에서 눈을 떼지 않았다. 봉숭아가 우리 몸의 질병과 나쁜 바이러스 등을 물리쳐 준다는 속설을 이야기해 주면 어떤 반응을 보일까? 관심 끌 만한 이야기를 꺼내서라도 당장 멋쩍은 분위기를 모면하고 싶었다. 하지만 말을 하지 못했다. 내 중국어 실력이 한국의 전통문화에 대해 설명할 정도는 아니었기 때문이다. 그렇다고 번역기를 이용해서 이야기할 분위기도 아니었다.

아이들의 말소리는 내 손톱에 대한 궁금증으로 가득 차 있는 것 같았다. 말하는 아이들의 입에서 음식 냄새와 입 냄새가 혼합된 것 같은 꼬릿꼬릿한 냄새가 풍겨 나왔다. 배고픔은 사라지고 속이 메스꺼웠다. 아이들은 꼬질꼬질한 차림새와 입 냄새와는 달리 눈은 초롱초롱 빛나고 모두 당당해 보이면서도 입가에 번지는 미소가 온화해 보였다.

사감은 이 아이들이 공부 잘하는 11반이라고 천천히 말해주었다. 11반은 공부를 잘하는 아이들만 모아 놓은 특수반이었다. 한국이나 중국이나 공부 잘하는 아이들에게 특별대우하는 시스템은 비슷한 것 같았다. 한국에서도 전에는 거의 일반 고등학교마다 공부 잘하는 아이들만 모아 밤늦게까지 공부를 시키는 특수반이 있었다. 중학교 때 내 짝꿍 누나가 특수반이라서 밤 12시까지 공부하고 집에 온다고 말하는 것을 들은 적이 있다.

현재 내 또래들이 다니는 한국 학교에서는 일반 학생들의 반발로 특수반을 없앴다고 한다. 똑같이 등록금을 내고 다니는 학교에서 차별대우를 받는 것은 불합리하다는 것이다. 어딜 가든 공부 잘하는 아이들을 우대하는 것은 똑같은 마음일까? 그렇다면 공부를 못하는 사람은 세상에서 불필요한 존재인가?

중학교 때 어떤 선생님은 공부 성적이 좋은 아이들을 두둔하면서 이 세상은 원래 공부 잘하는 몇 명이 이끌어 나가게 되어 있다고 말했다. 그 말은 성적이 좋지 않은 학생들의 존재 가치를 무시하는 발언이었다. 정말 공부 성적이 좋지 않은 학생들은 존재의 가치가 없는 것일까? 공부 성적 말고 다른 성적이 좋은 아이의 존재 가치는 어떨까? 누구에게나 공부 외에 다른 분야에서 각각 성적이 높은 재능이 있는 것은 아닐까? 중학교 때 같은 반에 축구부 아이가 있었는데 그 아이는 축구를 잘해서 전교에서 그 아이 이름을 모르는 사람이 없었다. 그러면 그 아이는 공부를 못해도 존재 가치가 있는 것이 아닐까? 또 우리 반 아이 중에 어떤 아이는 종이접기를 잘해서 친구들에게 인기가 많았다. 친구들에게 주목받는 그 친구도 존재 가치를 인정해 주어야 하지 않을까?

잠깐 스치는 이런저런 생각을 하고 나서 아이들의 얼굴을 바라보니 그들의 초롱초롱 빛나는 눈빛에 기가 눌리는 기분이었다. 그 눈빛은 순수해 보이면서도 상대방을 제압하는 힘이 있었다. 이런 것이 공부의 힘일까?

사감은 주의사항 몇 가지를 전달하고 나서 빙그레 웃으며 내 등을 두 번 토닥이더니 방문을 열고 나갔다. 친구들과 잘 지내라는 격려처럼 느껴졌다.

친구들에게서 나는 냄새는 계속 사라지지 않았다. 아이들에게서 풍겨 나오는 낯설고 독특한 냄새의 정체는 무엇일까? 아이들이 움직일 때마다 냄새는 공간을 떠돌며 숨 쉬는 것을 고통스럽게 했다. 사람은 저마다 자기 냄새를 가지고 있는데 방 안에 있는 일곱 명의 아이들에게서는 똑같은 냄새가 났다. 공부 잘하는 아이들에게서만 나는 특별한 냄새일까? 아니면 중국 특유의 냄새일까? 중국 냄새는 아닌 것 같았다. 중국 냄새라면 나에게 익숙하게 느껴졌을 것이다. 저 아이들도 나에게서만 나는 특유의 냄새를 맡고 있는 것은 아닐까? 냄새에 예민해지니 별의별 생각이 떠올랐다.

대부분의 아이들이 세면대에서 고양이 세수를 하듯 얼굴에 물을 몇 번 바르고 침대에 가서 누웠다. 그 생활이 몸에 밴 것처럼 자연스러워 보였다. 내 침대 바로 아래를 쓰는 아이는 웃옷을 벗고 바지를 벗더니 팬티 바람으로 화장실 변기 위에 서서 샤워기를 틀고 몸을 씻었다. 처음 들어왔을 때 궁금하게 느껴졌던 샤워기에 대한 수수께끼가 풀렸다. 웃음이 나와서 이불을 뒤집어쓰고 웃었다.

몸이 끈적거려 씻고 싶은데 용기가 나지 않아 망설여졌다. 아이들을 살펴보니 모두 침대 이불 속으로 들어가 핸드폰을 들여다보고 있었다. 나는 슬그머니 아래로 내려가 옷을 벗고 아래층 아이가 섰던 자세로 서서 샤워기를 틀어 몸에 물을 뿌렸다. 샤워기 물 떨어지는 소리 사이로 룸메이트들이 키득거리는 소리가 들려왔다.

  샤워를 하는 도중에 밖에서 갑자기 벨소리가 들리면서 '시덩 시덩' 하는 소리가 들려왔다. 불을 끄라는 소리였다. 아이들은 그 소리가 들리자 얼른 불을 껐다. 마음이 급해져 빠르게 씻었다. 소리가 가까이 다가올수록 불안해졌다. 얼른 수건으로 몸을 닦으려고 할 때였다. 갑자기 방문을 열고 사감이 들어왔다. 화장실 문 앞에 서서 나에게 왜 밤늦게 샤워를 하냐고 짜증을 냈다. 난 당황해서 아무 말도 못하고 아래를 수건으로 가렸다. 사감은 내가 옷을 입지 않은 것을 뻔히 알면서도 화장실 불을 끄라고 소리쳤다. 옷을 입고 끄려는데 사감이 다시 들어와 큰소리를 쳤다. 할 수 없이 불을 끄고 팬티를 찾아 입었다. 다시 룸메이트들의 키득거리는 소리가 들렸다. 겉옷을 재빠르게 입고 창피해서 침대 위로 얼른 올라가 이불을 뒤집어썼다. 이불에서도 낯선 냄새가 심하게 났다. 그동안 중국에 와서 느끼지 못했던 냄새였다. 한참 후 고요한 기운이 감돌더니 아이들의 잠자는 숨소리가 들려왔다.

  나는 잡다한 생각으로 잠이 오지 않았다. 낮잠도 잔 데다 배가 고픈 것이 원인인 것 같았다. 수납장에서 엄마가 보내 준 과자를 하나 꺼내 먹고 싶은 마음 굴뚝같았지만 먹을 수 있는 상황이 아니었다. 엄마에게 배운 명상법을 떠올리며 배의 부품과 꺼짐을 관찰하며 단전에 정신을 집중해 보았다. 냄새에 대한 거부 반응도 조금 누그러지고 적응되는 것 같았다. 이번에는 눈에 마음을 두고 '감음 감음'을 반복하면서 잠을 청했다.

어느새 잠이 들었나 보다. 달그락거리는 소리에 눈을 떴다. 아이들이 수업 받으러 갈 준비를 하고 있었다. 몇몇 아이들은 세면대에 가서 고양이 세수를 하고 나서 가방을 챙겨 나갔다. 모두가 머리를 감지 않아 머리칼이 뻣뻣해 보였다. 나도 첫날이라서 얼굴에 물만 묻히고 그들을 얼른 따라나섰다. 아이들이 움직일 때마다 냄새가 더 심하게 콧속을 파고들었다.

아이들이 식당으로 나를 안내했다. 그들은 가방으로 자리를 맡아 놓고 식판에 밥과 반찬을 가지고 왔다. 나도 아이들이 맡아 놓은 옆자리에 가방을 올려놓고 식판에 음식을 가져왔다. 아이들이 밥을 다 먹고 나서 몇 반이냐고 물었다. 3반이라고 대답했더니 한 아이가 자진해서 3반 교실까지 안내해 주고 돌아갔다. 외국인에 대한 친절한 배려로 받아들였다.

7. 자기 사람과 기타 사람

교실로 들어갔더니 먼저 온 아이들이 조용히 자습을 하고 있었다. 전교생 중에 한국 학생은 1학년에 한 명, 2학년에 두 명이라고 들었는데 1학년짜리는 해주 동생 해호이고, 2학년짜리 두 명은 다른 반인 것 같았다. 아이들은 교실로 들어선 나를 동물원의 판다 구경하듯 바라보았다. 그 눈빛들은 낯선 존재에 대한 궁금증으로 가득해 보였다. 나는 시선 처리가 난감했다. 한 아이가 다가오더니 내 자리로 안내했다. 담임 선생님이 미리 얘기해 둔 모양이었다. 자리에 가서 앉은 뒤 책을 꺼내 펴고 그곳에 시선을 고정시켰다. 글씨를 읽는데 머릿속에는 하나도 들어오지 않았다. 수업을 기다리는 30분이 3시간처럼 느껴졌다.

30분쯤 지났을 때 영어 선생님이 수업하러 들어왔다. 수업 시간을 알리는 종소리와 수업 들어온 선생님이 반갑게 느껴진 것은 처음이었다. 수업이 시작되면서 드디어 시선을 고정시킬 곳이 생겨 살 것 같았다.

1교시가 끝나고 쉬는 시간에 해주 동생 해호가 우리 교실 앞을 지나갔다. 나는 반가워서 얼른 나가 해호를 불렀다. 집에서는 말을 몇 마디 나누지 않은 사람을 반갑게 부르고 나니 멋쩍었다.

"형 교실이 여기야?"

다행히 해호도 자연스럽게 다가와 질문을 해 주었다.

"응. 어디 가?"

"매점에. 형도 같이 갈래?"

"그래."

매점이 궁금했다.

"해호야, 너는 왜 손톱 물 안 들여?"

"어렸을 때 많이 들여 봤어. 외할머니가 그거 들여야 감기도 안 걸리고 아프지 않다고 해서. 근데 다 뻥이었어. 형은 어때?"

"그냥 그래."

대답은 이렇게 했지만 사실은 엄지손가락의 상처를 조금이라도 감춰 보고 싶은 마음이 더 강해서 긍정적인 마음이었다.

"우리 누나가 좀 오지랖이긴 하지."

오지랖이 아니라 해주의 세심한 행동이 나에게는 수호천사의 선행과 다름없다는 것을 해호는 알 리 만무했다. 해주가 나를 서호에 데려가지 않았다면 나는 지금쯤 어떻게 되었을까? 홍웨이학교에서 발을 동동거리며 돈만 축내고 있었을까? 어쩔 수 없이 한국으로 들어갈 준비를 하고 있었을지도 모른다. 해주 덕분에 남은 돈을 아낄 수 있어서 정말 다행이라 생각했다.

복도를 한참 걷고 있는데 한 중국 아이가 다가와서 내 어깨를 부딪치고 지나갔다. 그 아이의 행동은 누가 보아도 고의성이 다분한 행동이었다. 어찌 보면 일부러 나에게 시비를 걸려고 부딪친 것 같기도 했다.

"한국인은 매너가 왜 이러냐? 쳇! 사과할 줄도 모르네? 그 붉은 손톱은 특권이냐?"

내 부끄러운 손톱이 정말 특권이었으면 좋겠다고 생각했다. 아이의 말은 배배 꼬여 있었다. 자기가 일부러 와서 부딪쳐 놓고 오히려 시비를 걸어오니 어이가 없었다. 힘없어 보이는 작은 아이들을 표적으로 삼아 괴롭히는 것은 중국 아이들도 한국 아이들과 다를 바 없다고 생각했다.

대화를 나누어 오해를 풀고 싶었지만 중국어가 쉽게 나오지 않았다. 엄지손가락이 안절부절못했다. 나보다 중국어 실력이 나은 해호가 해결이라도 해 줄까 싶어 바라보았더니 해호는 도망가고 있었다. 비겁해 보였다. 내가 안절부절못하고 있을 때 해호가 곧 남자아이 네 명을 데리고 나타났다. 해호는 도망간 것이 아니라 아는 아이들에게 도움을 청하러 갔던 모양이다. 한 남자아이가 나에게 무슨 일이냐고 한국어로 물었다. 네 명 중 두 명은 내또래의 2학년 한국인 아이라는 것을 직감할 수 있었다. 나는 어깨를 부딪친 아이가 먼저 시비를 걸어온 것을 그대로 말했다. 그아이가 함께 온 친구들에게 중국어로 상황을 말했더니 그 친구들은 나와 부딪친 친구를 바라보며 다짜고짜 사과하라고 말했다. 아이는 짧게 미안하다고 사과를 한 뒤 사라졌다. 올라오려는 엄지손가락을 네 손가락으로 꽉 쥐었다. 해호는 나를 바라보며 안심의 미소를 지었다.

"이제 괜찮을 거야."

"고마워."

네 명의 아이들에게 진심을 담아 인사했다. 이 학교에서 유일한 한국인 세 명이 똘똘 뭉쳐 있는 것 같아 든든했다. 이 아이들에게 도움을 받고 나니 동포애가 느껴졌다.

"우리 말고 너의 그 붉은 엄지손톱에게 고마워해."

"맞아. 네 붉은 엄지손톱이 행운을 준 거야."

중국인 두 명이 번갈아 말했다. 그들의 말이 뜬금없어 보이기도 하고 엉뚱해서 우습기도 했다. 해호는 형들에게 인사를 하고 나에게 가자고 말했다.

"해호야, 쟤들은 누구야?"

"응. 내 보디가드."

"보디가드?"

"두 명은 2학년 한국인 형들이고, 두 명은 중국인인데 그 한국형들과 절친이야."

"아~ 그렇구나. 근데 쟤들은 친구를 잘 뒀네. 너도 좋은 선배들을 만났고. 근데 어떻게 너와 친하게 됐어?"

궁금해서 물었다. 한국인과도 절친이 되기 힘들어하는 나로서는 부러울 따름이었다.

"중국인은 '관시'를 중요하게 생각해."

"관시?"

유학 오기 전 집에서 인터넷 검색을 하다가 중국에서 의형제

나의 엄지손가락

를 맺은 친구에게 받은 폰 선물이라는 글과 폰 사진이 함께 올라와 있던 것이 떠올랐다.

"관계 맺는 거. 중국 사람들은 사람을 사귈 때 자기 사람과 기타 사람으로 나누는데 관시 관계인 사람은 자기 사람으로 생각하고 친형제처럼 서로 믿고 도움을 주고받는 그런 사이야. 기타 사람은 자기와 전혀 상관없는 사람이기 때문에 관심을 갖지 않는데 의심은 가끔 해. 아까 데려온 네 명의 형들은 친형제처럼 지내는 관시 사이야. 중국 형들은 한국 형들에게 생일날 선물도 해 주고 서로 가족으로 묶기도 해. 얘네들 정말 웃기지? 관시 관계를 맺었다는 것은 의형제를 맺었다는 거라나? 나는 그냥 내가 필요할 때 도와주니까 그 형들에게 빌붙어 지내는 거야. 히히."

"너는 어떻게 친해졌어?"

"우리 엄마 아빠가 저 형들을 한번 초대해서 나를 부탁했어. 저 형 중에 여기 주저우에서 부모님이 양말 공장을 하는 형이 있는데 우리 아빠가 그 형네 양말로 무역을 하고 있는 거야. 여기 중국 사람들이 관시를 중요하게 생각하는 이유는 아빠가 그러는데 미래에 대한 투자라고 생각해서래. 내가 지금 도와주면 나중에 저 친구에게 더 큰 것을 얻게 된다고 생각한대. 그래서 관시

맺는 것을 중요하게 생각하지. 저 형들이 커서 사업을 할 때 다른 나라로 수출을 하려면 각 나라에 관시를 맺은 친구가 있으면 도움을 받을 거라 생각하는 거래.”

어리다고 생각했던 해호의 입에서 흘러나오는 이야기는 어른이 하는 말처럼 들려 놀라웠다. 여름 방학 때 해주 집에 있을 때 해호를 피하기만 했던 것이 후회되었다. 동생이지만 배울 점이 많은 아이 같았다. 나는 괜히 주눅이 들어 할 말을 하지 못하고 가만히 있었다. 해호가 나와 아주 다른 세계에 사는 것처럼 느껴졌다. 해호는 나에게 ‘형, 안녕’이라고 말하고 교실로 들어갔다.

내가 교실로 돌아오니 옆줄에 앉은 아이가 내 표정을 살피며 입을 열었다. 교실에 들어왔을 때 내가 앉을 자리를 알려 준 아이였다. 주변의 아이들도 호기심 어린 눈으로 나를 바라봤다.

“무슨 일 있었니?”

그들과 좀 더 친숙해지기 위해 매점에 가다가 있었던 일에 대해 손짓 발짓 해 가면서 이야기해 주었다. 내 이미지를 완전히 바꾸어야겠다고 생각해서 오버액션도 해 보았다. 내가 이렇게 중국 친구들에게 활발하게 이야기를 할 수 있었던 것은 해호 덕분이다. 해호가 데려온 친구들에게 보호를 받고 나니 나에게도 힘이 생겼다. 처음 느껴 보는 든든한 힘이었다. 그동안 친구 중에서는 없었던 내 편이 생겼다는 것이 곧 힘이라는 걸 깨달았다. 갑자기 랑랑과 상진이도 더없이 소중한 친구로 생각되었다. 봉숭아로 붉게 물든 엄지손톱을 내려다보았다. 나를 도와주는 친구가 생긴 것이 정말 중국 친구들 말처럼 내 붉은 손톱이 행운을 가져다준 덕분일까?

아이는 내 말을 듣고 나서 무슨 말인지 알았다며 고개를 끄덕이고는 밖으로 나갔다. 아이가 뜬금없어 보였다. 남의 일에 진지하게 관심을 갖는 행동이 어색하기만 했다. 하지만 해호가 얘기해 준 관시라는 말을 떠올리니 이해가 되었다. 나를 특별한 아이로 생각하는 것 같아서 앞으로의 관계가 기대되기도 했다. 잠시 후 그 아이는 나와 어깨를 부딪친 아이와 함께 교실로 들어왔다. 나는 순간 놀랍고 당황스러웠다. 둘이 짠 것처럼 보여 뭔가 크게 당하는 것이 아닌지 걱정되었다.

"이 친구 맞니?"

나는 눈치를 살피며 고개를 끄덕였다.

"내 친구 이름은 치앙이야."

"아까는 내가 미안했어. 진심으로 사과할게."

복도에서 건성으로 사과한 것과는 달리 치앙의 태도에서 진심이 느껴졌다.

"이제 너희 둘은 친구가 된 거야. 사이좋게 지내자."

"왕웨이, 너 반장 노릇 제대로 한다!"

치앙이 왕웨이를 툭 치며 말했다.

"당연히 우리 반은 내가 지켜 줘야지."

왕웨이가 자랑스러운 표정으로 말했다. 왕웨이는 이런 매너가 바로 중국의 예절이라고 하며 으스댔다. 나와 시비가 붙은 아이가 치앙인 줄 어떻게 알았을까? 중국인은 허풍이 심하다더니 나에게 멋지게 보이고 싶어 서로 짜고 일을 꾸민 것일까?

학교 수업이 모두 끝나고 왕웨이에게 다가가 치앙에 대해서 물었다. 치앙은 왕웨이의 절친이라고 했다. 내가 생김새와 덩치가 큰 아이라고 말했을 때 왕웨이는 치앙이 떠올라 물어보려고 치앙을 찾아갔다는 것이다. 치앙은 특히 외국인들을 만나면 힘자랑을 하기 위해 일부러 어깨를 부딪친다고 한다. 중국 아이들은 그냥 넘어가도 될 시시한 일을 큰일로 부풀리는 것처럼 느껴졌다.

어깨 사건 뒤로 치앙은 나와 학교에서 마주치면 장난치며 인사하는 사이가 되었다. 해호가 데려온 친구들과도 자연스럽게 인사하고 가끔 게임도 하는 사이가 되어 심심하지 않았다.

사람은 같은 공간에 있으면 서로 정이 드는 모양이다. 어느새 나는 같은 반 아이들과 서서히 어울리고 있었다. 아이들이 떠들며 말하는 중국어가 자연스럽게 귀에 들어오고 말도 저절로 나와서 신기했다. 그동안 느껴 보지 못한 나에 대한 새로운 발견이었다. 나의 듣기와 말하기 실력이 높은 점수를 받은 것처럼 기뻤다. 겨울에 앙상했던 나뭇가지에 어느 날 갑자기 싹이 돋아나듯이 나에게도 중국어의 싹이 트기 시작한 것이다. 나뭇가지에 싹이 돋아난 것은 갑자기 나무에 싹이 붙어서가 아니다. 겨우내 준비해 온 나무의 노고에 대한 결과물이다. 중국 아이들의 말들이 내 귀에 거의 다 들리고 말문이 트인 것도 어쩌면 하얼빈에서 항저우를 거쳐 주저우까지 오는 동안 낯선 환경에 부딪치며 힘들게 견뎌 낸 결과물일 것이다.

하얼빈과 항저우에서 고난의 시간을 버텨 내느라 힘들었지만 내가 더 단단해진 것 같아 그 시간들이 나에게 헛되지 않은 것처럼 느껴졌다. 평생 알아듣지 못할 것처럼 어렵기만 했던 중국어를 알아듣고 말문도 트이게 되니 자신감이 생겼다.

아이들과 친하게 된 계기는 바로 매점이다. 매점에서 음료수와 간식들을 함께 사 먹으면서 더 친해질 수 있었다. 사람들은 먹을 것을 함께 나누어 먹으면서 친해지는 존재인가 보다. 아이들은 매점에서 먹을 것들을 사 들고 와서 나에게도 주곤 했다. 중국 사람들은 먹는 것에 관심이 많은 것 같았다.

"이건 한국에 있냐?"

중국 친구가 과자 한 봉지를 건네며 물었다. 감자스낵과 비슷한 과자였다.

"응. 한국에도 이거와 비슷한 과자가 많아."

"이건?"

초코파이를 건네며 말했다. 봉지의 디자인과 글씨 모양만 다를 뿐 한국 초코파이와 똑같았다. 어떤 아이는 컵라면을 주기도 했다. 중국의 컵라면은 국물이 좀 느끼해서 내 입맛에 맞지 않았다. 아이들이 사발면을 주면 건더기만 겨우 건져 먹고 국물은 몰래 버렸다. 내가 국물을 버리는 것을 목격한 친구들은 사발면은 국물 맛으로 먹는데 왜 아까운 국물을 버리느냐며 의아하게 미소를 지었다. 한국 아이들 같았으면 자기가 사 준 것을 버리면 무시당한 느낌이라며 기분 나빠할 것 같은데 중국 아이들은 그다지 관심이 없는 듯 했다. 반 아이들은 나와 그냥 기타 사람 관계를 맺고 있어서 내 사생활이나 나의 취향 따위에는 관심을 두지 않은 것일 수도 있었다. 해주가 사발면이 맛있다는 것을 보면 맛의 차이는 나라의 차이가 아니라 개인의 차이라는 생각이 들었다.

날이 갈수록 먹을 것을 들고 나에게 다가오는 친구들이 늘었다. 나도 한국 과자와 핫초코를 교실에 가져가 먹을 것을 주는 아이에게 답례를 하기도 했다. 어떤 아이는 집에서 월병을 싸다 주었다. 월병은 중국의 4대 명절인 중추절에 먹는 전통음식이다. 속에 팥소를 넣어 만든 과자인데 다양한 맛이 있었다.

"하나 골라 봐."

월병을 가져온 아이가 4개를 내놓고 무슨 맛인지 설명을 해주었다. 그다음 나에게 좋아하는 맛으로 하나 고르라고 했다. 나는 견과류 맛을 골랐다. 한입 베어 먹어 보니 한국에 있을 때 먹어 본 밤만주 맛과 비슷했다. 특히 팥소 맛이 비슷한데 월병이 좀 더 많은 견과류를 첨가해서 속이 꽉 찬 느낌이었다. 친구들이 늘어 가니 폰의 연락처 리스트와 중국의 카카오톡이라고 할 수 있는 위챗 친구 리스트 줄도 길어지고 있어 든든했다. 왕따로 인해 텅 비어 있던 폰의 연락처에도 월병 속의 꽉 찬 팥소처럼 친구들의 번호들로 채워지고 있었다.

선생님이 종례 시간에 소풍 날짜와 장소를 발표했다. 아이들에게서 환호성이 터져 나왔다. 소풍 소식에 교실의 분위기가 산만했다. 소풍 이야기는 전 세계적으로 들뜸을 주는 것 같았다. 학생들에게 교실에서 잠시 벗어나는 해방감을 주기 때문일 것이다. 선생님은 우리들의 들뜬 마음을 제어하기 위해 1학기 가을에는 소풍과 체육대회 등의 행사가 끼어 있어 시간이 금방 지나가니 정신을 바짝 차리고 공부하라고 으름장을 놓았다.

소풍은 가까운 사오싱으로 간다고 했다. 한국 사람에게는 사오싱보다는 소흥이라는 말로 소통되는 곳이다. 선생님은 그곳이 운하가 매우 발달된 물의 도시라고 짧게 설명을 덧붙였다.

어떤 아이가 교무실에 가서 선생님에게 맡긴 핸드폰을 찾아와 부모님에게 전화를 했다. 소풍 소식을 알리고 용돈 이야기를 꺼내는 것 같았다. 몇몇 아이들도 하나둘씩 일어나 나가더니 핸드폰을 찾아와 부모님에게 전화를 했다. 귀 기울여 들어 보니 전화 내용은 대부분 소풍 날짜가 잡혔으니 돈을 보내 달라는 것이었다. 부모님한테 전화하는 아이들이 거의 용돈 이야기를 꺼내는 것을 보니 소풍비가 많이 드는 것 같아 부담감이 생겼다. 소풍을 가는

나의 엄지손가락

데 준비물은 딱히 없었다. 점심식사비와 입장료로 낼 돈을 준비하는 것과 교복을 착용해야 하는 것뿐이었다. 돈이 많이 들어갈 것 같지는 않은데 아이들은 왜 돈이 필요한지 궁금했다. 교복이 트레이닝 복이어서 소풍 때 입는 복장으로는 안성맞춤인 것 같았다.

소풍은 1부와 2부로 나누어서 간다고 했다. 1부는 3학년 전체와 2학년 1반에서 6반까지 먼저 다녀오는 것이고, 그 이튿날엔 1학년 전체와 2학년 7반에서 11반까지 가는 것이다. 왕웨이에게 이유를 물었더니 학생 수가 워낙 많기 때문이라고 했다. 상해 같은 대도시에서는 3일이나 4일로 나누어 소풍을 가는 곳도 있다고 했다. 한국에 있을 때 사회 선생님이 중국에 대해서 이야기해 주었을 때 막연하게 받아들였던 중국의 인구수를 실감하는 순간이었다. 기숙사 같은 방 친구들과 따로 가는 것이 아쉽긴 했지만 중국 학교 소풍이 궁금하고 기대가 되었다.

8. 소풍과 축구

소풍날이라서인지 알람 시간보다 일찍 잠에서 깼다. 기숙사 같은 방 친구들은 잘 다녀오라며 먹을 것을 하나씩 건넸다. 과자, 음료수, 초콜릿 등이었다. 나와 방 친구들과의 관계는 얼마나 친밀한 관계일까? 해호에게 관시에 대한 말을 들은 뒤 모든 친구들이 나를 어떤 관계로 여기는지 생각하는 버릇이 생겼다. 방 친구들과 식당에서 함께 아침밥을 먹고 나서 '잘 다녀와라, 재밌게 놀다 와라, 공부 열심히 해라' 인사를 서로 주고받은 뒤 아이들은 교실로 들어가고 나는 집합 장소로 갔다.

집합 장소로 가 보니 50인용 버스가 줄지어 기다리고 있었다. 아이들은 암암리에 짝꿍 쟁탈전을 벌였다. 나는 앞에서 두 번째가 비어 있어 오른쪽 좌석 안쪽에 자리 잡고 앉았다. 내 옆에는 반장인 왕웨이가 앉을 모양이었다. 왕웨이는 내 옆자리에 가방을 놓고 뒤로 가더니 인원을 세면서 앞으로 걸어왔다. 왕웨이가 운전석 쪽 맨 앞에 앉아 있는 담임 선생님에게 인원 체크가 끝났다고 말하자 버스가 출발했다. 커다란 버스들이 줄을 지어 이동하는 것을 보니 대단해 보였다.

버스 안이 소란스러워 뒤를 돌아보니 아이들이 대부분 귀에 이어폰을 꽂고 뭔가를 듣고 있거나 핸드폰을 들여다보며 입으로는 말을 하고 있었다. 버스 안은 마치 도떼기시장 같았다. 언어만 다를 뿐 한국에서 체험학습 갔을 때 시끌벅적했던 버스 안 분위기와 다를 바 없었다. 왕웨이는 나에게 말을 걸지 않고 이어폰을 끼고 뭔가를 들으며 눈을 감고 있었다. 밤새 잠을 설친 모양이다. 한국 고등학생들이 탄 버스 안의 분위기는 어떨까? 공부에 지쳐 소풍 자체를 귀찮아하며 모두 곯아떨어지는 것은 아닐까? 한국의 고등학생들에게 진정한 소풍이 있기나 할까?

잠에서 깨어난 왕웨이와 이 얘기 저 얘기 하다 보니 버스는 어느덧 사오싱에 도착했다. 선생님이 먼저 내려 앞장서 가며 우리를 인솔했다. 호수 위에 떠 있는 작은 배들이 신기해서 제일 먼저 눈에 들어왔다. 작은 배들이 많은 것은 지금도 배를 교통수단으로 이용하는 경우가 있기 때문이라고 했다.

먼저 간 곳은 손에 담배를 들고 있는 사람이 그려진 커다란 벽화 앞이었다. 오른쪽으로는 인물 그림이 커다랗게 그려져 있고, 왼쪽에는 건물 그림이 있었다. 그 위로는 魯迅故里(루쉰고리)라는 글자가 새겨졌다. 루쉰고리는 옛날에 작가 루쉰이 살던 마을이라고 했다. 선생님은 벽화에 대한 간단한 설명을 마치고 안으로 인솔했다. 벽화에 그려진 사람이 한국에서도 모르는 사람이 없을 정도로 유명한 중국의 작가 루쉰이라는 설명을 듣고 너무도 반가웠다. 중학교 때 논술 선생님과 수업했던《아큐 정전》이 떠올랐다. 작가 이름과 소설 제목 그리고 '아큐'라는 주인공 이름만 생각났지만 그림 속 루쉰 작가를 본 순간 동네에서 길가다 논술 선생님을 만난 것처럼 친근감이 느껴졌다.

루쉰 유적지와 박물관을 구경하고 주변 거리를 구경했다. 음식과 물건을 파는 상점들도 있고 주점들도 있었다. 소설의 배경이 되었다는 셰헌 주점은 루쉰이 자주 들러 황주를 마셨던 술집이었다는데 옛 모습을 고풍스럽게 그대로 보존하고 있었다.

루쉰고리를 지나 작은 정원인 심원으로 갔다. 입구에는 동그란 원 안에 남녀가 마주 보고 있는 조각이 세워져 있었다. 심원

나의 엄지손가락

은 원래 심씨 성을 가진 사람이 소유했던 정원인데 남송 시절 육유와 당완의 비극적인 사랑 이야기 때문에 유명해진 곳이라고 했다. 안내판을 자세히 읽어 보았다. 내용이 좀 식상했다.

육유와 당완은 이종사촌이었는데 어릴 적부터 함께 놀면서 사랑이 싹트게 되어 결혼까지 하게 된다. 둘은 서로 사랑했으나 당완과 육유 엄마와의 불화로 인해 생이별을 하게 되고 훗날 각각 재혼을 하게 된다. 그 후 수년 만에 우연히 심원에서 다시 만나게 되는데 서로가 다른 사람의 배우자가 되어 있는 것을 알고 아쉬워하며 애절한 시를 한 수씩 남겨 놓았다고 한다.

시시한 사랑 이야기의 주인공들이 재회한 장소가 왜 유적지가 되었는지 궁금했다. 이야기의 느낌은 낯설지 않았다. 한국 옛이야기 책에서 많이 본 듯했다.

심원을 둘러보고 루쉰의 작품 속 배경을 재현해 놓은 거리라는 로진(魯鎭)으로 갔다. 로진으로 들어가니 루쉰의 소설 속 인물들이 동상으로 세워져 있었다. 동상들의 포즈와 표정에 인물들의 성격이 그려졌다. 내가 읽은 작품의 작가 마을에 와서 그의 소설 속에 등장하는 인물들을 접하니 신기하기도 하고 반갑기도 했다. 특히 아큐라는 사람의 동상을 보았을 땐 동네 어른을 만난 것처럼 친숙하게 느껴지기도 했다.

　친구들 중에는 아큐를 모르는 아이들이 많았다. 책을 읽지 않은 친구들이 예상보다 많았다. 내가 한국에서 《아큐 정전》을 읽었다고 말해 주니 엄지 척을 해 보이면서 내용을 물었다. 소설의 내용을 상기시켜 보려고 애썼지만 머릿속이 암전된 것처럼 아무것도 생각나지 않았다. 그동안 잠잠했던 오른쪽 엄지손가락이 꿈틀거려 네 손가락으로 제압했다.

　엄지손가락이 진정되고 나서 내 중국어 실력으로는 설명하기 어렵다면서 중국어를 더 열심히 공부해서 다음에 말해 주겠다고 둘러댔다. 얼굴이 화끈해지면서 등에서 진땀이 났다.

　세 곳을 둘러보고 선생님은 1시간 정도 자유 시간을 줄 테니 사진을 찍고 다시 모이라고 했다. 우리는 삼삼오오 짝지어 다니면서 사진도 찍고 음료수와 아이스크림도 사 먹었다. 1시간이 지난 뒤 우리가 모이자 선생님은 점심을 먹으러 간다며 배가 있는 쪽으로 인솔했다. 우리는 몇 명씩 인원을 나누어 배를 탔는데 배가 너무나도 오래된 것 같아 불안했다. 몇 분 정도 배를 타고 가서 내린 곳에는 음식점들이 즐비하게 펼쳐져 있었다. 먼저 온 학생들과 선생님들이 함께 섞여 앉아 술판을 벌이고 있는 광경도 눈에 들어왔다. 술을 한잔씩 마신 아이들은 얼굴이 빨개져서 재잘재잘 떠들고 있었다.

우리 일행도 음식점을 정해 들어가 테이블을 잡고 앉았다. 왕웨이가 300위안씩 회비를 먼저 걷자고 제안했다. 나는 순간 당황했다. 소풍 경비로 100위안이면 족할 것 같아 넉넉하게 200위안만 준비해 가지고 왔기 때문이다. 선생님의 소풍 소식을 듣고 아이들이 집으로 전화를 해서 돈을 보내 달라고 했던 모습들이 떠올랐다. 이런 일을 예상하고 있었던 것이다. 아이들은 호주머니에서 지갑을 꺼내더니 당당하게 300위안씩 왕웨이에게 건넸다. 그들의 행동들이 자연스러운 것을 보니 오래된 습관 같았다. 내가 돈이 모자라서 머뭇거리자 왕웨이가 내 표정을 살폈다.

"준은 외국인 특혜로 회비는 면제야."

아이들이 흔쾌히 고개를 끄덕이며 모두 박수를 치며 동의해 주었다. 왕웨이가 내 사정을 눈치채고 재빨리 말을 꺼낸 것 같았다. 왕웨이 덕분에 한시름 내려놓게 되었다. 내가 멋쩍어 머리를 긁적이자 왕웨이가 무슨 할 말이 있는 사람처럼 내 곁으로 바짝 다가섰다.

"외국인에게 특혜를 준 것은 네가 처음이야. 네가 회비를 면제받은 것은 너의 그 붉은 손톱이 준 행운이라 생각해."

왕웨이는 작은 소리로 내 귀에 속삭인 뒤 종업원에게 손을 들어 주문을 받으라고 소리쳤다. 나는 붉게 물든 내 손톱이 부끄럽기만 한데 중국 친구들은 빌미를 만들어 의미를 부여했다. 한국에서라면 있을 수 없는 대우였다. 봉숭아 물이 다 잘려 나갈 때까지 꼬투리 잡혀 놀림거리가 되었을 것이 뻔했다. 종업원이 물과 메뉴판을 가져오자 먼저 반찬과 안주가 될 만한 것들을 골라 시키고 맥주를 시켰다. 전통주는 도수가 높아 맥주를 먹기로 한 것이다. 나는 배가 고파 밥을 먼저 먹고 싶었는데 회비를 면제받은 이유로 의견을 말하지 못했다.

아이들이 맥주를 주거니 받거니 하며 이야기하고 있는데 갑자기 학년주임 선생님이 왔다. 평소에 제일 무서운 선생님이라서 나는 순간 표정이 굳어졌다. 학년주임은 내게 외국인 특혜 없이 잘못하면 중국 아이들과 똑같이 혼냈던 선생님이었기 때문이다. 학년주임이 갑자기 내 옆으로 와서 나에게 어깨동무를 했다. 어안이 벙벙했다. 선생님은 벌써부터 술이 얼근히 취해 있는 것 같았다. 소풍 문화는 우리 한국과 좀 다른 분위기라서 어색하고 괜히 맥주를 주고받는 행위가 죄를 짓는 것처럼 느껴졌다.

"소풍 재미있냐?"

학년주임은 내게 맥주를 따라 주더니 오늘만큼은 즐기라며 건배를 제안했다. 나는 술 문화에 익숙하지 않아 어색했다. 술을 처음 마시는 것이라서 반만 마셨더니 선생님이 갑자기 소리쳤다.

"아니야! 아니야! 원샷! 원샷!"

선생님의 강요에 잔을 비우고 선생님에게도 맥주를 따라 드렸다. 선생님은 내가 따라 드린 맥주를 단숨에 벌컥벌컥 들이켜고 나서 내 어깨를 툭툭 치고 다른 학생들이 있는 테이블로 자리를 옮겨 갔다. 우리는 마지막으로 간단하게 점심식사를 해결할 만한 음식을 시켜 먹고 일어섰다. 중국에서는 선생님이 학생들에게 술을 권해서 신기했다.

우리가 학교로 돌아왔을 때는 아이들 얼굴이 대부분 벌겋게 달구어져 있었다. 술에 취해 횡설수설하는 아이들의 모습을 보니 웃겼다. 소풍날에는 학교에서의 금기를 풀어 주는 모양이었다. 소풍날이 마치 학생들에게 숨을 돌리라는 쉼표 같아 보였다.

소풍이 끝나고 다음 주에는 체육대회가 이어서 있다고 했다. 행사를 몰아서 하고 나머지는 공부에 전념하기 위해서라는 것이다.

한국의 고등학교에서는 입시 공부 때문에 체육대회를 하지 않는다고 들었다. 공부에서 벗어날 기회를 잃어서 불행해 보였다. 입시를 최고로 중요시 여기는 나라, 입시 날이면 모든 직장인들의 출근 시간이 늦춰지고 경찰들이 총출동해 교통정리를 하고 지각한 수험생을 오토바이로 실어 날라 주는 수험생에 대한 서비스 1위의 나라에서 휴식마저 반납해 버린 한국 아이들이 불쌍했다. 나는 소풍이나 체육대회를 좋아한다기보다는 그날만큼은 공부를 하지 않는다는 것에 더 큰 의미를 두었다. 소풍이나 체육대회는 귀찮지만 공부하는 것보다는 나았기 때문이다. 소풍과 체육대회 등 학교 행사는 학생들에게 공부를 쉬어 가게 해 주는 휴가와 같다. 한국 학생들에게도 휴식의 권리는 주어야 한다고 생각했다.

기숙사로 가서 샤워를 하려고 가방을 챙기는데 왕웨이가 다가왔다.

"야, 준! 그냥 들어가게? 우리 축구할 건데 너도 함께할래?"
왕웨이가 물었다.

"응. 좋아."

"그래. 어디 한국인의 축구 실력 좀 보자."

나의 엄지손가락

"아이구 무서워라. 흐흐흐."

"한국 사람들이 축구를 잘하던데 너도 당연히 잘하겠지?"

"나는 원래 축구를 잘 못해. 그러니 실망하지 마라."

최대한 내가 못하는 것에 대해서도 당당하게 말하려 노력했다. 못하는 것을 인정하고 나니 마음이 편했다. 축구를 해 본 것은 초등학교 때 학교 운동장에서 친구들과 공을 차며 놀았던 것이 전부였다. 초등학교 때 우리 학교에는 축구부가 있었기 때문에 그 아이들과 함께 축구놀이를 하면서 자연스럽게 축구에 대한 규칙을 익히게 되었다. 왕웨이가 축구공을 들고 우리를 인솔해서 운동장으로 갔다. 운동장은 축구하기에 열악한 조건이었다. 바닥이 울퉁불퉁하고 고르지 않았다. 잔디도 깔려 있지 않아 넘어지면 크게 다칠 것 같았다. 나는 왕웨이와 한 팀이 되었다. 중국 아이들은 축구를 잘하지 못했다. 축구를 못하는 내가 골을 세 골이나 넣었으니 그 뒤의 결과는 안 봐도 알 것 같았다.

"역시 너희 한국 사람은 축구를 잘하나 봐."

"달리기도 잘하네?"

"축구를 잘하려면 달리기가 기본이지."

"아니야, 준의 붉게 물든 손톱이 가져다준 행운 때문일 거야.”

나는 가만히 있는데 아이들이 열을 올리며 한마디씩 했다. 아이들은 내가 축구를 잘하는 것을 또 손톱의 봉숭아 물과 연관시켰다. 그동안 손톱의 봉숭아 물을 잊고 있었는데 다시 상기되어 무안했다. 손톱을 살며시 내려다보니 손톱 주변의 살에 물든 얼룩들은 모두 사라지고 붉은 손톱만 돋보였다. 해주 말대로 손톱이 참 예뻤다.

내가 정말 달리기를 잘하고 축구를 잘하는지에 대해 곰곰이 생각해 보았다. 내가 무언가를 잘한다고 인정을 받은 것이 처음이기 때문이다. 내가 축구를 잘하는 것이 아니라 중국 아이들이 못해서 내가 돋보인 것은 아닐까 하는 의구심이 들기도 했다. 사람들마다 무엇인가를 판단할 때 자기가 생각하는 기준이 모두 다를 수도 있기 때문이다. 축구를 끝내고 우리는 운동장에서 놀았다.

내가 먼저 친구들의 등을 때리고 도망가기도 하고, 엉덩이를 툭 치고 도망 다니며 장난을 쳤다. 그러면 중국 친구들이 연합을 해 나를 잡으러 다녔다. 친구들은 신기하게도 나를 잡지 못했다. 내 달리기 솜씨에 나 자신도 놀라웠다. 중국 친구들이 달리기를

나의 엄지손가락

못하는 건지 내가 외국인이어서 그냥 봐주는 건지 알 수는 없었다. 내 뒤로 바짝 따라오는 왕웨이에게 잡혀 주려고 일부러 느리게 달려 보았다. 왕웨이는 내 등의 옷을 잡으면서 소리쳤다.

"잡았다!"

왕웨이는 크게 한 건 올린 것처럼 으스댔다.

"왕웨이, 대단해! 레이샨을 잡다니."

한 아이가 왕웨이에게 박수를 쳐 주며 말했다.

"레이샨?"

레이샨이 무슨 뜻인지 궁금해서 물었다.

"레이샨은 '번개가 번쩍인다'는 뜻. 네가 마치 번개가 번쩍이는 것 같이 빠르게 뛴다는 뜻이야."

"내가? 정말?"

친구들의 과장이 너무 심한 것 같아 황당했지만 기분은 좋았다. 내 존재가 타인에게 인정받아 본 경험은 처음이었다.

"이제부터 니 별명은 레이샨이야."

왕웨이가 말했다. 친구들과 친하게 지내다 보니 그들의 냄새에도 차츰차츰 익숙해져 갔고, 그들이 의리 있고 괜찮은 아이들이라는 것이 느껴졌다. 전학 와서 낯설게 느껴졌던 냄새들은 중국의 냄새였다는 것을 깨닫게 되었다. 이제 기숙사 친구들의 낯선 냄새에도 적응이 되어 지금은 내가 먼저 자연스럽게 다가가 포옹을 하기도 했다. 스킨십은 사람과 사람을 서로 가깝게 맺어 주는 매개 역할을 해 주는 것 같았다. 친하게 지내는 친구들이 늘어나면서 그들이 울타리처럼 느껴져 든든했다.

9. 힘내, 레이샨

체육대회 날 아침, 설레는 마음으로 교실에 들어갔다. 아이들 모두 아침 자습을 하고 있어 깜짝 놀랐다. 순간 내가 날짜를 잘못 알았나 싶어 재빨리 자리로 가서 짝에게 물었더니 오늘이 맞다고 했다. 한국의 체육대회 날은 아침 일찍부터 마음이 들떠 공부할 분위기가 아니었는데 아이들이 평소처럼 모두 진지하게 자습을 하고 있어 놀라웠다.

아침 자습 끝나는 종이 울리자 아이들은 일제히 책을 가방에 넣고 복도로 나가 두 줄로 섰다. 나도 따라 나가 짝 옆에 섰다. 맨 위층에 있는 3학년들이 먼저 줄 맞춰 나가고 난 다음 우리 2학년이 나갔다. 우리는 나가서 먼저 나간 3학년 옆으로 줄을 맞추어 섰다. 마지막에는 1학년이 나와 2학년 옆으로 섰다. 1, 2, 3학년이 모두 줄을 맞춰 서고 나니 교장 선생님이 조회대 앞에 모습을 드러냈다. 다음은 중국의 애국가가 흘러나오고 중국의 국기가 올라갔다. 애국가 제창과 국기 게양이 끝나고 교장 선생님이 이번 체육대회도 2일 동안 다치는 사람 없이 무사히 끝나면 좋겠다는 내용으로 간단하게 훈화했다.

교장 선생님의 말이 끝남과 동시에 폭죽이 펑펑 터지고 체육대회의 막이 올랐다. 전교생이 반별로 입장했다. 올림픽 개막식 때 선수들이 입장하는 것처럼 3학년부터 학년과 반이 쓰인 표지판을 든 반장의 뒤를 따라 학생들이 운동장을 한 바퀴 도는 것이다. 우리 반도 2학년 3반의 표지판을 든 왕웨이 뒤에 서서 걸었다. 우리는 운동장을 한 바퀴를 돌고 우리 반의 지정석에 가서 앉았다. 그러자 어디선가 담임 선생님이 사탕, 과자, 초콜릿을 가지고 나타났다. 우리는 앉아서 사탕과 초콜릿을 먹으며 몇 가지 악기 연주와 공연을 관람하고 첫 번째 경기종목을 준비했다.

처음 열린 종목은 체조였다. 3학년 1반부터 차례대로 나와 체조 시범을 보이는 것인데 1, 2, 3학년 반마다 겨루는 게임이라서 시간이 오래 걸렸다. 단합이 얼마나 잘되는지를 보는 게임이라는데 실력이 거의 비슷해 우열을 가리기 힘들 것 같았다.

학년별 체조 시합이 끝나고 다음 종목은 멀리뛰기였다. 멀리뛰기는 학년끼리 반 대항 게임이었는데 2학년에서는 1반의 키 작은 아이가 1등을 차지했다. 그 아이는 나와 키가 비슷한 것 같은데 아이가 뛰는 모습은 마치 작은 새가 공중을 가볍게 비상하고 모래 위에 사뿐히 내려앉는 것처럼 보였다. 놀라웠다. 뒤이어 높이뛰기, 투포환 시합도 있었다. 첫날은 이것으로 1부 체육대회를 마쳤다. 아이들은 이튿날에 펼쳐지는 대회가 클라이맥스라며 작전을 아주 잘 짜야 한다고 했다. 왕웨이가 무슨 용건이 있는 표정으로 나에게 다가왔다.

"준아, 네가 달리기를 잘하니까 우리 반 1,000m 계주를 나가 줄래?"

"내가? 나보다 훨씬 잘하는 애들도 많을 텐데."

"네 명이라서 세 명 더 뽑을 거야."

초등학교 운동회 때 1등을 한 번도 해 보지 못했던 나였기에 거절하고 싶었다.

"너는 레이샨이잖아. 나가 주라. 응?"

생전 처음 얻은 나의 닉네임 레이샨. 아이들이 내 뒤를 쫓았을 때 잡히지 않으려고 안간힘을 썼던 일이 생각났다. 내가 달리기를 잘하는 것처럼 보인 것은 사람이 다급한 일이 발생했을 때 초능력이 생기는 것 같은 상황이 아니었을까? 아니면 정말 나의 내면에 잠재되어 있는 재능인 걸까? 내가 반 대표로 계주에 나가 아이들 기대에 어긋나지 않게 잘 달릴 수는 있을까? 머릿속이 걱정으로 가득 채워지고 있었다. 엄지손가락이 입 주변을 맴돌았다.

"너의 그 빨간 손톱이 우리 반에게 승리를 안겨 줄 거야."

입속으로 들어가려던 손톱이 무안해서 얼른 내려왔다. 손톱의 봉숭아 물을 잊고 있었는데 왕웨이가 말을 꺼내 다시 신경이 쓰였지만 전처럼 예민하지는 않았다. 잊고 지냈다는 것은 봉숭아 물이 든 손톱이 이제 나에게 익숙해져 가고 있다는 것이다. 우리 반 친구들처럼 말이다.

"맞아. 너의 빨간 손톱이 대단한 힘을 발휘하게 될 거야."

내가 나가지 않으면 안 되는 상황으로 몰리는 같았다. 갑자기 나의 재능을 진짜 가늠해 볼 기회라는 생각이 들었다.

"좋아. 나가 볼게."

"그래 좋아. 너는 진짜 잘할 수 있어. 그럼 내가 미리 접수하고 올게. 참, 반 대항 100m 달리기도 함께 접수할게."

숙소에 들어와 씻고 누우니 잠이 오지 않았다. 머릿속이 달리기 걱정으로 꽉 차 있었기 때문이다. 룸메이트들이 내일 계주를 잘해야 한다고 웅성거렸다. 내가 반 대표 계주 선수로 나간다고 했더니 아이들이 놀란 반응을 보였다. 키가 작아서 못하리라 생각했던 모양이다. 나는 우리 반에서 별명이 '레이샨'이라고 말했더니 아이들이 최고라고 추켜세워 주면서 붉은 손톱이 복을 준 것 같다고 말했다. 우리는 서로 잘하자는 의미로 파이팅을 외치고 잠자리에 들어갔다.

잠깐 잠을 잤다 생각했는데 깨 보니 아침이었다. 일어나 씻고 운동장에 가서 몸을 풀었다. 아침 일찍부터 100m 달리기 예선이 있다고 했기 때문이다.

체육대회가 시작되고 얼마 후에 반 대항 100m 달리기 예선이 있다는 방송이 흘러나왔다. 나는 있는 힘을 다해 뛰었지만 아쉽게도 3등을 했다. 100m 달리기 예선 경기 뒤 몇 가지 경기가 진행되고 점심식사를 했다. 3등까지 결선에 나갈 수 있어 다행이었다.

점심식사 후 남은 종목은 100m 달리기 결선, 창던지기, 500m, 1,000m 계주 외 몇 가지가 더 있었다. 우리 반의 성적은 그리 좋지 않았다. 점수가 제일 큰 건 500m와 1,000m 반 대항 계주라고 했다. 우리 반은 달리기에서 승부를 보려고 작전을 세웠다. 아이들이 너무 나를 믿고 있는 것 같아 부담스러웠다. 100m 달리기 3등에서 내 재능은 벌써 판결이 났기 때문이다.

점심을 먹고 100m 달리기 결선 경기를 했다. 우리 반 아이들을 위해 1등을 해야만 했다. 스타트를 잘해서 예감이 좋았다. 이를 악물고 앞만 보고 뛰었더니 앞에 보이는 아이가 없었다. 내가 선두로 달리고 있다고 생각하니 기분이 상쾌했다. 지금 이 순간을 엄마에게 보여 주고 싶은 생각이 들었다.

1등이 이렇게 기분 좋은 일이라는 것을 처음 알았다. 뒤가 궁금해서 돌아본 순간 바로 뒤따라오던 아이가 내 쪽으로 빠르게 달려오는 바람에 발에 걸려 넘어지고 말았다. 관중석에서 우려의 목소리가 쏟아져 나왔다. 내 생애 최초로 1등이라는 것을 할 수 있는 기회였는데 뒤를 돌아본 것이 너무 후회스러웠다. 이유 불문하고 나는 꼴찌라 생각했다. 일어서서 뛰어간다 해도 꼴찌가 분명했다. 응원의 목소리가 야유의 소리로 들렸다. 그래서 더 일어서지 못했다. 잔뜩 기대하고 있었던 반 친구들의 얼굴을 어떻게 볼지 난감해졌다. 삶을 살아오면서도 과거를 돌아보며 앞으로

나의 엄지손가락

더 나가지 못하고 그냥 주저앉아 버린 경우가 종종 있었다.

"준, 괜찮아? 다친 데는 없니?"

왕웨이의 목소리였다. 쪽팔려서 고개를 들 수가 없었다. 왕웨이가 나를 일으켜 세웠을 때 눈물이 쏟아졌다.

"미안."

"괜찮아. 앞으로 계주가 남았어. 힘내자!"

"계주는 다른 아이가 뛰면 안 될까?"

"계주 선수를 너의 이름으로 올려놓아서 안 돼."

자신감이 떨어지고 힘이 쭉 빠졌다. 500m 달리기 종목에서는 우리 반이 1등을 했다. 대표 선수 아이들은 나를 힐끔힐끔 쳐다본 뒤 좋아서 날뛰었다. 반 아이들이 대표 선수 네 명을 번갈아 번쩍 들어 헹가래를 해 주었다. 내가 꿈꾸던 모습인데 부러웠다.

몇 가지 종목이 지나가고 마지막 남은 종목인 1,000m 계주를 준비하라는 말이 들렸다. 한국에서도 체육대회의 하이라이트는 1,000m 반 대항 계주로 맨 마지막에 들어가 있었다.

계주 우리 반 대표 세 명이 나를 찾아와서 뛰는 순서를 정해야 한다고 했다. 나까지 포함해서 계주를 나가는 대표는 네 명이었다. 나는 마지막으로 뛰고 싶다고 했다. 자신이 없었기 때문이다. 순서를 정하고 첫 번째 달리는 아이가 스타트 선에 나가서 준비를 했다.

총소리가 울리고 이어달리기가 시작되었다. 첫 번째 스타트를 한 친구는 번개처럼 1등으로 달려와 두 번째 아이에게 바통을 넘겨주었다. 두 번째 아이가 선두를 유지하다가 세 번째 아이가 다른 반 아이에게 1등을 내주고 말았다. 우리 반 대표팀원이 힘이 빠진 것처럼 자꾸 뒤쳐져 다음 바통을 받아야 할 나는 부담이 매우 컸다. 결국 내 앞의 아이는 3등으로 밀려나 다른 반에게 2등의 자리까지도 내주고 말았다. 나는 3등으로 달려오는 아이의 바통을 넘겨받고 4등으로 물러나면 안 될 것 같아 괴물처럼 뛰었다. 내가 앞의 아이에게 바짝 따라붙었을 때 '레이샨'이라는 응원 소리가 들려왔다. 있는 힘을 다해 뛰었더니 3등을 앞지르게 되었다. 우리 반의 응원 소리와 함성이 터져 나왔다. 나는 더 힘을 내어 달려 1등과 앞서거니 뒤서거니 하게 되었다. 골인 지점까지는 얼마 남지 않아 초조했다. 골인 지점까지가 너무 멀게만 느껴졌다.

"힘내라, 레이샨!"

"힘내라, 레이샨!"

나의 엄지손가락

"힘내라, 레이샨!"

반 아이들의 함성 소리가 점점 크게 들려왔다. 응원 소리를 들으니 더욱더 책임감이 느껴졌다. 내가 중국 친구들에게 달리기로 인정받고 있는 '레이샨'이라는 사실을 엄마가 알면 어떤 기분일까? 새아빠에게 기를 좀 펼 수 있을까? 엄마를 생각하니 더욱더 힘이 났다. 골인 지점까지는 이제 얼마 남지 않았다. 이를 악물고 온 힘을 다해 두 눈을 감고 뛰었다. 아이들이 외치는 '힘내라, 레이샨'이라는 함성 소리가 점점 크게 들려왔다. 골인 지점을 통과했다는 알림 소리가 들려 눈을 뜨니 내가 제일 먼저 골인 지점에 들어와 있었다. 나는 그 자리에 주저앉아 소리 내어 엉엉 울었다. 흐르는 눈물의 의미가 무엇인지 알 수 없었다. 여러 가지가 뒤엉켜 있는 것 같았다. 반 아이들이 달려와 나를 번쩍 들어 공중으로 던졌다. 몸이 새털처럼 가벼워지는 것을 느꼈다.

"너의 그 붉은 손톱이 행운을 준 거야."

"그래, 맞아."

아이들이 내 손톱을 신기하게 살펴보며 말했다. 감추고만 싶었던 내 붉은 손톱이 내 존재를 부상시켜 주리라고는 생각지 못한 일이다.

"원래 잘 뛰는 사람이 맨 마지막에 뛰어서 마무리를 잘해야 하는데 준이 마지막에 뛰기를 정말 잘했어."

첫 번째 달렸던 친구가 말했다. 나는 앞에서 달리다가 뒤로 처질까 봐 자신 없어 맨 마지막에 뛴다고 한 것인데 친구들이 너무 비행기를 높이 태우는 것 같았다. 또 언제 비행기에서 추락할지 모르기 때문에 마음이 편치 않았다. 한편으로는 달리기가 미처 발견하지 못한 내 진짜 재능일 수도 있다는 생각이 들기도 했다.

나의 엄지손가락

10. 왕웨이

    학교 행사를 두 번 치르고 나서 반 친구들과 거리감이 없어졌다. 그 사이 왕웨이와는 반에서 제일 친한 친구가 되었다. 중국에 적응되어 학교생활은 즐겁고 행복했지만 휴일이 다가오는 것은 부담스러웠다. 4일간 느끼한 컵라면이나 햄버거로 끼니를 때우면서 심심하게 보내야 했기 때문이다. 유학생들을 대상으로 한국인이 운영하는 휴일 홈스테이가 있긴 한데 나는 돈을 최대한 아껴야 하기 때문에 홈스테이를 하지 않고 학교에 남았다. 한국 유학생 아이들은 모두 부모가 주재원이기 때문에 집으로 갔다. 나는 해주네 집으로도 갈 수가 없었다. 첫 번째 맞은 휴일에 해호를 따라갔다가 민폐를 끼치는 것 같은 인상을 받아 그다음부터는 가지 않으리라 마음먹었다. 내가 학교로 돌아올 때 해주 부모님은 나에게 또 오라거나 방학 때 거기에 와서 지내라거나 하는 말을 하지 않았다. 아마도 여름 방학 동안 함께 지내면서 불편했던 모양이다. 우리 집도 엄마와 나와 단둘이 살다가 새아빠와 수민이가 들어와 지내면서 불편해진 것처럼 그럴 수도 있다고 백배 이해가 되어 더 이상 갈 수가 없었다. 해주 엄마가 내 후견인이 되어 주긴 했지만 나를 전적으로 돌보아 주는 의무감 같은 것은 없어 보였다.

아이들은 휴일에 들어간다고 모두 들떠 있었다. 나는 텅 빈 학교에 남아 4일간 보낼 것을 생각하니 기운이 나지 않았다.

"준, 이번 휴일에는 우리 집에 같이 갈래?"

웨이가 다가오며 말했다. 웨이의 갑작스런 말에 당황했지만 반갑기도 했다. 드디어 휴일에 갈 곳이 생겼다는 것이 반가웠던 것이다.

"그래도 돼?"

망설임도 없이 얼른 대답했다.

"조금 있으면 아빠가 데리러 올 거야. 기숙사에 가서 가져갈 짐 준비해서 교문 앞으로 와. 빨래도 있으면 가져오고. 세탁기 돌려 줄게."

수업이 끝나자 웨이가 와서 말했다.

"고마워."

"친구끼리는 그런 말 하는 거 아니야."

웨이가 정말 좋은 친구라는 생각이 들었다. 웨이는 나를 관시의 관계, 즉 자기 사람으로 생각하는 것일까? 기숙사에서 가방에 옷가지와 빨래거리들을 싸 들고 교문 앞으로 나갔다. 교문 앞에는 자가용의 행렬이 줄을 잇고 있었다. 웨이를 찾느라 주변을 두리번거리는데 웨이가 한 아주머니 옆에 서서 손을 흔들었다. 내가 달려갔더니 옆의 아주머니를 엄마라고 소개했다. 몸에 살집이 있고 표정은 순박한 아주머니 스타일이었다. 호탕한 웃음소리와 걸걸한 말투가 꼭 대장부 같아 보이기도 했다. 웨이가 간단하게 내 소개를 하자 아주머니는 잇몸을 드러내고 활짝 웃으면서 악수를 청했다.

차 있는 쪽에 도착했을 때 아저씨가 차에서 내려 웨이를 부둥켜안았다. 아저씨와 웨이 사이가 친한 친구처럼 느껴졌다. 새아빠와 나 사이도 시간이 흐르면 친구 사이처럼 편안해질 수 있을까? 아저씨는 보통 키에 스포츠머리를 하고 가죽 잠바에 청바지를 입고 있었다. 아저씨의 포스가 사장의 이미지보다는 한국

영화에서 본 조폭 같은 이미지였다. 이곳에서는 평범한 이미지인데 내 고정 관념 때문에 그렇게 보였을 수도 있었다. 내가 다가가 공손하게 인사를 하니 웃으며 손을 내밀었다. 인사를 나눈 뒤 우리는 트렁크에 가방을 싣고 차에 올라탔다.

"차로 몇 분 걸려?"

내가 웨이에게 물었다.

"바로 옆이라서 3시간 쯤 걸려."

"헐! 바로 옆이 3시간?"

웨이가 항상 자기 집은 학교에서 가깝다고 말해서 진짜 20분이나 30분 거리에 있는 줄 알았다. 차를 타고 3시간을 가야 한다는 말에 깜작 놀랐다. 중국에서 3시간 거리는 가까운 거리라면서 6시간, 8시간을 기차 타고 가는 아이도 있다고 했다.

한 3시간쯤을 달려서 웨이가 사는 동네에 도착했다. 입구는 학교 교문처럼 생긴 철문이 있고 철문 오른쪽으로 경비실이 있었다. 문 왼쪽으로는 커다란 호수가 있는데 호수 주변에는 가족처럼 보이는 사람들이 삼삼오오 짝을 지어 산책을 하는 모습도 보였다. 차가 문 앞으로 다가가자 문이 자동으로 열렸다. 차가 약간 경사진 길을 계속 올라갔다. 20여 개의 집을 지나고 거의 꼭대기

집 앞에 차가 멈추었다. 한국의 2층짜리 별장 같은 집이었다. 동네가 한국의 부유한 전원주택 단지 같아보였다.

"다 왔어. 내리자."

나는 웨이를 따라 내린 뒤 트렁크에 가서 가방을 내렸다. 대문을 열고 들어가니 곧바로 외부로 들어가는 현관문이 있고, 오른쪽으로 연못과 정원이 있었다. 연못 위에서는 인공폭포가 흘러내리고 옆으로 난 계단을 따라 올려다보니 계단이 끝나는 지점 옆으로 정자가 보였다. 연못 안에는 큰 금붕어들이 활기차게 놀고 있었다. 좋은 기운이 느껴졌다.

현관문을 열고 들어가니 할머니가 반갑게 맞이해 주셨다. 할머니는 나를 바라보며 계속 얘기를 하는데 알아듣지 못했다.

"할머니가 사투리를 사용해서 너는 잘 못 알아들을 거야."

할머니는 미소를 지으며 말을 멈추었다. 그제야 내 중국어 실력이 모자란 탓이 아니라는 것을 알게 되어 다행이라 생각했다. 웨이도 가족과 대화를 나눌 때는 사투리를 쓰고 있어서 웨이 말이 낯설게 들렸다. 할머니와 인사를 나누고 웨이가 2층으로 나를 안내했다. 1층은 부모님과 할머니가 쓰고, 2층은 웨이 혼자 쓴다고 했다. 웨이를 따라 2층으로 올라갔더니 방 세 칸과 커다란 베란다가 있는데 베란다라고 하기보다는 테라스가 있는 작은 야외 카페라고 해야 맞는 것 같았다. 그리고 사우나 시설과 스파를 할 수 있는 욕실이 있었다. 2층에도 현관문이 있는데 밖으로 나가면 정자와 정원이 있었다. 1층에서 올려다보였던 정자와 정원인데 산책을 할 수 있는 공간이었다.

손을 씻으려고 욕실로 들어갔더니 폼 클렌징과 바디샴푸, 바디로션 등이 눈에 들어왔다. 한국어가 쓰여 있는 것을 보고 잠시 내 시선이 그곳에 멈추었다. 한국 화장품 회사 제품들이 반갑기도 했지만 낯설기도 했다. 중국인의 집에는 당연히 중국 제품들이 있을 거라는 생각 때문일 수도 있었다. 웨이가 잠깐 1층에 내려간 것 같아 욕실의 한국 제품들을 기념으로 사진을 찍었다. 밖으로 나와서는 방의 내부를 찍기도 하고, 정자와 정원, 테라스도 찍고, 식탁 위의 간식들도 찍어서 엄마에게 카톡으로 보내주었다. 엄마는 친구가 매우 고맙다면서 다음에 한국에 초대해서 은혜를 갚아야 할 기회가 있었으면 좋겠다고 답을 보내왔다. 그리고 마지막에 스마일 이모티콘을 올렸다. 엄마가 한국 학교에서 친구 한 명 없이 왕따와 폭행에 시달렸던 내 상황을 알게 된 날 충격을 받고 웃음을 잃은 것 같아 걱정했는데 엄마가 드디어 웃

나의 엄지손가락

게 되어 나도 기뻤다. 엄마가 웃는 것을 보니 친구들이 더 소중하게 여겨졌다.

웨이가 올라오면서 저녁식사 준비가 다 되었다며 내려가자고 했다. 나는 편한 옷으로 갈아입고 내려갔다. 식탁 위의 음식들은 진수성찬이었다. 하지만 음식들이 낯설어 무엇을 먹어야 할지 몰랐다. 중국 음식 특유의 향 때문에 반찬에 손이 가지 않았다. 취두부 냄새는 오히려 입맛을 더 떨어지게 만들었다. 중국에서는 취두부가 한국의 청국장이나 서양의 치즈처럼 냄새는 지독하지만 맛은 일품이라고 하는데 먹고 싶은 마음은 들지 않았다. 젓가락을 들었지만 무엇을 먹어야 할지 망설여졌다. 웨이가 수프를 내 쪽으로 밀어 주었다.

"옛날에 황제가 즐겨 먹었던 제비집 요리야. 먹어 봐."

"제비집 요리?"

제비집 요리라니 구토가 나려고 했다.

"아빠가 너 주려고 마련한 특별 요리야."

"이 취두부도 먹어 봐."

이번에는 웨이 엄마가 취두부를 내 앞으로 밀며 말했다. 먹는 것을 두고 이렇게 스트레스를 받기는 처음이다. 나는 마음을 드러내지 않고 웃으며 고맙다는 뜻으로 계속 고개인사를 했다.

아저씨에게 고맙다고 인사를 하니 근엄한 표정으로 미소를 지으며 수저로 먹는 시늉을 해 보였다. 제비집 요리는 바다제비집에서 제비의 침을 추출해서 만든 음식이라고 했다. 수프에 들어 있는 흰색의 건더기는 바다제비의 침이 응고된 것이었다. 제비의 침이라 생각하니 속이 메스꺼웠다. 제비의 침이 집 짓는 접착제로 사용된다는 말을 들었을 때는 완전히 식욕을 잃어 아무것도 먹을 수가 없었다. 하지만 먹어야만 했다. 나를 위해 준비한 음식이라고 하니 말이다. 잠시 속을 가다듬고 깊은 호흡을 한 뒤 제비집 수프를 한 숟가락 떠먹었다. 생각보다는 맛이 괜찮았다. 구토가 나오지 않아서 천만다행이었다.

나는 성의 표시를 해야 할 것 같아 엄지손가락을 치켜들며 '아! 맛있다'라는 찬사를 보내 주었다. 내가 무의식적으로 들어 보인 엄지손가락이 오른손이라서 깜짝 놀랐다. 순간 움찔했지만 상처는 보이지 않고 붉게 물들어 예쁘게 자리 잡은 손톱이 돋보여 다행이었다. 내가 친구들과 친숙한 관계를 맺는 동안 엄지손가락에는 무관심했던 것 같다. 그 사이 상처는 아물었고 자세히 보아야만 알 수 있는 흉터만 울퉁불퉁하게 남아 있었다. 웨이는

나의 엄지손가락

내 손톱을 보고 뿌듯한 표정으로 웃었다.

아저씨는 내게 웨이와는 어떻게 친해졌는지 음식은 입에 맞는지 등등 표준어로 천천히 물었다. 가끔씩 던지는 유머가 나를 편하게 했다. 아저씨는 의료용품 제조 회사를 운영하는데 주로 미국과 유럽과 한국으로 수출을 하고 있다고 했다.

아주머니는 주로 우리의 학교생활에 대해서 궁금해하는 것 같았다. 웨이가 학교에서 공부는 열심히 하는지, 둘이 무슨 얘기 하면서 노는지, 학교생활은 할 만한지 등등 소소한 것을 물었다. 웨이의 생활을 그대로 답하면 스파이가 될 것 같아 대답하기 곤란한 것은 못 알아들은 척했다. 최대한 웨이를 멋지게 포장해서 잘 말해 주고 싶었다. 중국 엄마가 자식의 일에 집착하는 것은 한국 엄마들과도 같았다. 사실 웨이는 학교에서 보았을 때 우리 반에서 반장 노릇은 잘하지만 공부보다는 노는 것을 더 좋아하는 활발한 아이였다.

식사가 끝나고 거실로 와서 티타임을 가졌다. 본격적으로 아저씨가 나에 대해 질문을 시작했다. 부모님은 한국에서 무슨 일을 하시는지, 유학은 어떻게 오게 되었는지, 하얼빈에서 전학을 왔다고 들었는데 거기가 추워서 온 것인지, 손톱에는 왜 붉은 것을 칠했는지 등등 대답하기 곤란한 질문들을 슬그머니 던졌다. 내 신상 파악에 들어간 것 같은 느낌이 들어 불편했다. 나는 아빠는 작은 섬유 회사를 운영하고 엄마는 과외를 하고 있으며 누이동생이 한 명 있다고 사실대로 대답했다. 단 누이동생의 나이는 이야기하지 않았다. 나이가 나와 같은 것을 알게 되면 해명하기 곤란했기 때문이다. 다행히 동생이 몇 살인지는 묻지 않았다. 웨이 아빠는 나에게 훌륭한 가족을 뒀다며 고등학교 졸업하면 웨이와 함께 후계자 교육도 받으라고 했다.

중국 사람들은 대인 관계를 중요시 여기고 관계 맺을 때는 사업 파트너로 생각한다고 들었다. 웨이 집에서 나를 사업 파트너로 생각하고 잘해 주는 것 같아서 부담스러웠다. 새아빠는 과연 수민이를 두고 나에게 회사를 물려주려고 할까?

유학을 오게 된 계기는 중국에 관심이 있어서 중국어를 배우기 위해서 온 것이고, 하얼빈에서 전학 온 것은 날씨가 추워서인데 마침 짝이었던 랑랑이라는 친구가 항저우로 전학을 오게 되어 그 친구의 도움으로 따뜻한 지방으로 전학 온 것이라고 말해 주었다. 손톱의 봉숭아 물은 건강을 지켜 주기 때문에 들인 것이라고 답해 주었다. 아울러 봉숭아 꽃잎과 이파리를 따서 손톱에 물들이는 방법도 이야기해 주고, 손톱에 물을 들이는 것은 병마를 쫓기 위한 한국의 전통문화라고도 말해 주었다. 웨이가 듣고 있다가 체육대회 하는 날 내 붉은 손톱이 행운을 주어 반 대항 계주에서 우리 반이 승리하게 되었다고 거들었다.

"빨간색이 행운과 기쁨을 주는 색이니까. 준이 체육대회에서 한몫했구나."

아주머니가 내 엄지손톱으로 시선을 옮기며 말했다. 아울러 내 손톱을 만져 보며 중국에서는 이 붉은색이 행운과 기쁨을 상징하는 색이라고 설명을 덧붙였다. 아이들이 내 손톱에 지나친 의미를 부여한 이유를 알 것 같았다.

"우리 반이 계주에서 뒤떨어지고 있는데 준이 마지막에 따라잡아 이겼어."

"준이 복을 가져다주는 친구구나."

웨이와 아저씨가 말을 주고받았다. 웨이 가족의 대화를 듣고 있으니 중국 사람들은 모든 일에 어떤 의미를 부여하는 습성이 있는 것 같았다.

4일 동안 아저씨가 운영하는 회사에도 구경 가고 황산에도 갔다. 아저씨가 황산은 죽기 전에 한 번쯤은 꼭 올라 봐야 할 산이라고 하면서 나에게 꼭 도전해 보기를 권했다. 그러면서 아저씨는 등반을 제안했지만 웨이가 케이블카를 타자고 조르는 바람에 정상 바로 아래까지 가는 케이블카를 타고 올라갔다. 케이블카 아래로 보이는 풍경들을 보니 등산을 하지 못한 것이 아쉬웠다. 나는 사실 죽기 전에 한 번 올라 봐야 할 산이라는 아저씨의 말을 듣고 호기심이 생겨 직접 오르고 싶었다. 한국에서는 일주일에 한두 번 정도는 엄마와 함께 등산을 했기 때문에 훈련되어 힘들지 않을 것 같았다.

내려서 30분 정도를 등반하니 정상이었다. 곳곳에 사랑의 자물쇠가 걸려 있어 서울의 남산타워가 생각났다. 사랑의 자물쇠가 걸려 있는 곳에서 웨이와 나는 멈추어 서서 자물쇠들을 물끄러미 바라보았다.

"준, 우리도 사랑의 열쇠 하나 사서 걸어 놓을까?"

웨이가 먼저 침묵을 깨고 말했다.

"우리는 연인 사이가 아니잖아. 히히"

"사랑은 연인끼리만 하는 것이 아니야. 친구끼리도 하는 거야."

"좋아. 그럼 우리는 우정의 열쇠야."

웨이는 자물쇠와 열쇠 한 쌍을 사 오더니 종이를 꺼냈다.

"준, 우리 이렇게 만난 것도 인연인데 이 자물쇠를 증표로 의형제를 맺는 건 어때?"

"의형제를?"

너무 앞서가는 것 같아 어리둥절해서 물었다.

"응. 너는 남자 형제가 없고, 나는 혼자잖아. 연인을 사랑으로 채워 주는 이 사랑의 자물쇠가 우리에게는 형제로 채워 주는 의형제 자물쇠가 되는 거야. 어때?"

"오케이, 좋아."

"좋아. 그럼 우리는 이제 의형제가 된 거야. 이 자물쇠가 영원히 우리를 의형제로 묶어 줄 거야."

"그래. 이 자물쇠가 우리 둘을 영원히 묶어 주기를."

장단을 맞추려고 대꾸해 주었지만 내가 이 말에 대해 끝까지 책임은 질 수 있을지 의문스러웠다. 웨이를 볼수록 친근감이 느껴졌지만 나에게 도가 지나친 친절을 베풀고 있는 것 같아 부담스러울 때도 있었다.

아주머니와 아저씨는 먼저 내려갔는지 보이지 않았다. 웨이가 아저씨에게 전화를 걸었다. 웨이가 앞장서서 부모가 있는 쪽으로 안내했다. 집으로 가는 차 안에서 웨이는 부모에게 나와 의형제 맺은 이야기를 해 주었다. 엄마 아빠는 축하한다고 말해 주고 의좋게 지내라고 했다.

휴일 마지막 날에는 웨이네 집에서 가까운 중국의 4대 미인 중 한 명인 서시 유적지로 나들이를 나갔다. 서시는 춘추말기 월나라의 여인인데 물고기도 반할 만큼 무척 아름다웠다고 한다. 유적지에는 작은 연못이 있었다. 아주머니가 그 연못에 얽힌 서시의 일화에 대한 이야기를 해 주었다.

서시가 연못을 거닐고 있는데 연못에 있던 물고기가 물에 비친 서시의 아름다운 얼굴을 보고 넋을 잃어 꼬리 흔드는 것을 잊어버렸다는 것이다. 그 뒤 물고기는 자신도 모르게 물속으로 서서히 가라앉아 죽고 말았다는 이야기다. 웃음이 나왔다. 이번에는 아저씨가 이야기했다.

"어느 날 서시가 속앓이를 해서 쉬려고 고향에 내려갔는데 어떤 못생긴 여인이 서시가 배가 아파 찡그리고 다니는 것을 보고 따라 하다가 더 추해졌다는 얘기도 있어."

아저씨는 얼굴을 찡그린 흉내를 내며 말했다.

"내가 이렇게 생기면 어떻겠니?"

나의 엄지손가락

아저씨가 입을 오른쪽으로 돌리고 얼굴을 찡그렸다. 무척 우스꽝스러운 표정이었다.

"하하하하."

"하하하하."

"하하하. 아빠 바보 같아."

웨이가 배꼽을 잡고 웃다가 말렸다. 아저씨는 웨이의 말을 듣고 한술 더 떠 바보 흉내까지 내며 앞으로 뛰어갔다. 웨이가 뛰어서 아저씨를 잡으러 갔다. 부자지간에 장난치는 모습이 부러웠다. 웨이와 의형제가 되었으니 아저씨가 내 아빠도 되는 걸까? 중국 부모가 생겨 든든했다. 가족이 늘어난다는 것은 바로 힘과도 연결되는 것처럼 느껴졌다. 처음에 엄마와 나 두 명에서 새아빠와 수민이를 포함해 네 명으로, 이제 중국 부모와 웨이까지 세 명이 늘어 일곱 명으로 가족 수가 늘어났다. 그동안 불편하게 여겨졌던 새아빠와 수민이가 든든한 가족으로 느껴졌다.

11. 한국 아들, 중국 부모

웨이와 의형제를 맺고 나서 중추절이나 국경절 등 오랜 기간 동안 쉴 때마다 웨이의 집에서 보내게 되었다. 중국 엄마는 내가 이제 가족이 되었으니 집에 올 때마다 현재 쓰고 있는 방을 편하게 쓰라고 했다. 한국에서 엄마는 가끔씩 웨이 부모님에게 보답하기 위해 한국 화장품과 샴푸 세트 등을 선물로 보내왔다.

4일 휴일에 들어갈 때마다 웨이의 집으로 가서 생활하다 보니 웨이의 가족이 차츰 내 가족이나 친척처럼 친숙해졌다. 사촌들 모임에도 나를 꼭 데려가 주었다. 웨이 아빠는 그들에게 나를 한국 아들이라고 자랑스럽게 소개했다. 내가 웨이의 진짜 가족이 된 느낌이었다.

웨이는 휴일 때마다 영어 특강 학원에 다녔는데 웨이가 학원에 가면 할머니와 단둘이 밥을 먹게 될 때가 있었다. 무슨 말을 어떻게 해야 할지 모르겠고, 할머니가 말을 걸어오면 거의 알아들을 수가 없어 할머니와 단둘이 있는 시간은 힘들었다. 하지만 할머니는 나를 친손주처럼 먹을 것도 챙겨 주고 항상 친절하게 대해 주었다.

웨이 아빠는 술 문화에 대해서도 가르쳐 주었다. 한국에서는 고등학생까지는 술 마시는 것이 허용되지 않지만 중국에서는 고등학생만 되어도 부모들이 술을 권하며 자연스럽게 함께 마신다고 했다. 처음에는 낯설었지만 이들만의 문화가 나에게도 자연스럽게 다가왔다.

술을 마실 때는 일단 건배를 해서 컵과 컵이 맞닿으면 무조건 남기지 않고 다 마셔야 한다. 중국인들은 원샷을 좋아하는 것 같았다. 만약 내가 어떤 사람에게 감사한 일이 있다면 그 사람에게 직접 다가가 술을 따라 주고 건배를 하고 마신다. 이때 중요한 건 직접 가서 따라 주는 사람은 자기 컵에 상대방 술보다 더 많이 따라야 한다. 그리고 건배를 하고 마신 다음 그 사람에게 빈 컵을 보여 준다. 그럼 상대방도 고맙다고 하며 또 술을 따라 준다.

새로운 가족이 된 사람들과 함께 식사하는 시간이 많다 보니 웨이의 친척들은 물론이고 회사에 있는 직원들과도 친해지기 시작했다. 웨이 아빠는 나를 만나면 항상 얘기했다.

"니들이 커서 아빠들의 후계자가 되어 아시아를 모두 잡아먹어야 한다."

처음에는 뜻을 몰랐는데 그 뒤의 말을 들어 보니 이해가 갔다. 사업을 광범위하게 확장시켜 나가라는 의미 같았다. 휴일이 끝나고 학교로 돌아올 때면 웨이 아빠는 항상 용돈을 줘어 주었다. 내가 사양을 하면 나중에 어른이 되면 벌어서 갚으라며 나를 무안하지 않게 해 주려고 애썼다.

2학년 1학기가 끝나고 겨울 방학에도 나는 한국에 들어가지 않았다. 웨이가 먼저 방학이 짧으니 한국 엄마 아빠에게 양해를 구해 자기 집에서 함께 놀면서 지내자고 제안했기 때문이다. 웨이도 방학을 혼자 보내기 심심했던 모양이다. 나도 한국 집에 가서 수민이와 서먹하게 지내는 것보다 여기서 웨이와 놀면서 지내는 것이 덜 불편할 것 같았다. 한국으로 들어가는 것은 되도록 피할 수 있으면 피하고 싶었다.

겨울 방학에 웨이네 집에서 묵는 동안 설이 끼어 있어 웨이의 친척들과 함께 명절을 보냈다. 웨이네 집에서 큰 잔치를 벌였기 때문이다. 웨이네 집이 제일 크기 때문에 친척들이 다 모이기에 좋다고 했다. 몇몇 어른들은 마작을 하며 술을 마시고, 한쪽에서는 몇 명이 모여 TV를 보며 차를 마시고, 몇몇은 주방 식탁에 모여 앉아 견과류를 까먹으며 왁자지껄 떠드는 소리가 집 안을 가득 메웠다. 중국어는 4개의 성조가 있기 때문에 무척 시끄럽게 들렸다.

중국의 설날에 제일 중요한 건 폭죽놀이라 했다. 우리는 밤이 되자 모두 나가서 폭죽놀이를 했다. 중국 사람들은 신년에 폭죽 소리로 잡귀를 물러나게 하고 새로운 출발을 위해서 꼭 폭죽을 터트린다고 한다. 내가 넋 놓고 폭죽이 터지는 곳을 쳐다보니 웨이 아빠가 폭죽을 가리키며 말했다.

"여기 중국에서는 열심히 돈을 벌어서 저 폭죽에 올인하는 사람도 있어. 하하하. 준이 니가 생각하기엔 이해가 안 갈지도 모르지만."

웨이 아빠의 말을 듣고 폭죽을 터트리는 일에 월급을 다 써버리면 생활은 어떻게 하는지 궁금했다. 나는 웨이 아빠에게 세뱃돈으로 2,000위안을 받았다. 한국 돈으로 따지면 40만 원가량 되는 돈이다. 중국인은 통이 크다는 것을 다시금 느꼈다. 그들은 친한 친구가 결혼할 때도 축의금으로 한 달 월급을 모두 써 버리는 경우도 있다고 했다. 우리 정서로는 참 황당한 일이라서 이해하기 힘들었다.

겨울 방학 동안 웨이네 집에서 지내는 동안 후한 대접을 받고 학교에 갔다. 2학기가 시작된 지 얼마 안 된 봄에 웨이 외사촌 형이 결혼을 했다. 외사촌 형과도 몇 번 본 적이 있어서 결혼식장에 가면 반가워할 것 같았다. 선물이 고민이라서 물었더니 결혼식에 참석하는 사람은 축의금을 준비해서 주는데 나는 학생이니 그냥 가도 된다고 했다. 웨이 아빠는 우리에게 일요일에 들러리를 서야 한다고 했다. 한국의 결혼식과는 다르게 중국은 이틀에 걸쳐 잔치를 했다. 하루 전날에는 친척들과 지인들에게 식사 접대를 하며 잔치를 벌이는 결혼 전야제를 하고 결혼 당일 날에는 새벽부터 밤늦게까지 혼례를 치른다. 새벽에 원래 살던 집에서 전통 혼례복을 입고 전통의식을 치른 뒤 오후에 신혼집으로 와서 다시 전통의식을 진행하며 파티를 연다. 그리고 저녁에는 호텔 예식장으로 옮겨서 웨딩드레스와 턱시도를 입고 서양 결혼식으로 마무리한다.

중국에는 아주 재미있는 결혼 풍습이 있었다. 신랑 신부가 신혼집에 도착하기 전 사람들이 레드카펫을 깔아 놓고 양 갈래로 줄을 서서 기다리다가 신랑 신부가 차에서 내려 집으로 걸어 들어갈 때 폭죽을 터트려 주었다. 신랑 신부의 입장이 끝나고 신랑 신부는 방으로 들어가 가족, 친지, 하객들과 파티 음식을 나누어 먹으며 기념사진을 촬영했다. 2층 창문에는 밖으로 사탕을 뿌려 주는 사람이 있었다. 집 앞은 땅바닥에 떨어진 사탕을 줍는 사람들로 아수라장이 되었다. 웨이와 나도 사촌과 사진을 몇 장 찍고 나서 밖으로 나와 사탕을 한 주먹씩 주워 주머니에 넣었다. 웨이에게 사탕 뿌리는 이유를 물었더니 하나의 전통의식인데 중국에서는 결혼을 다른 말로 '기쁜 술을 마시다' 또는 '기쁜 사탕을 먹다'라고 표현하기 때문이라고 했다. 기쁜 술을 마시는 것은 결혼식 날 신랑 신부가 참석한 모든 사람에게 술을 한 잔씩 따라주는 것에서 나온 말이라 했다. 창밖으로 사탕을 뿌렸던 아저씨가 인상적이었다.

웨이 가족 행사에 참여하며 지내는 동안 나는 정말 웨이네 가족이 되어 가고 있었다. 중국에 와서 웨이의 가족을 만난 것은 참 좋은 행운이었다고 생각했다. 이 행운은 내 손톱의 봉숭아 물이 가져다 준 것일까? 손톱을 바라보니 빙그레 웃음이 나왔다.

웨이의 가족들과 지내면서 중국을 더 많이 알게 되었고 중국인을 더 이해할 수 있게 되었다. 그리고 나도 서서히 중국인이 되어 가는 것 같았다. 웨이네 가족은 앞으로 또 하나의 내 소중한 가족이 될 것이라 생각했다. 웨이는 이제 친구를 넘어 내게 없어서는 안 될 형제가 되었다. 나는 중국에서도 가족이 생겨 외롭지 않고 든든했다.

나의 엄지손가락

12. 아빠의 맛

웨이네 집에 몇 번 다녀오고 가족 행사에도 몇 번 참석하고 나니 선생님이 기말고사에 대해 발표했다. 나는 최선을 다해 준비했지만 영어와 수학만이 좋은 점수를 받았다. 시험 성적이 대만족스럽지 않았지만 아예 망치지는 않아 다행이었다. 3학년에 올라가서는 제대로 실력을 발휘할 수 있을 것 같은 예감이 들었다. 이제 내가 중국에서 자리를 잡아가고 있는 것 같았다. 선생님이 종례를 하러 들어왔다.

"기말고사 시험이 끝났으니 내일부터 여름 방학에 들어간다. 건강하게 잘 지내고 개학날에 한 사람도 빠짐없이 학교로 복귀하기 바란다. 이상 끝."

방학식은 따로 없고 종례로 대신했다. 방학이 끝나면 3학년에 올라가는데 시시했다. 선생님이 나가자 해방을 맞이한 아이들은 왁자지껄 떠들어댔다. 몇몇 아이들이 나에게 다가와서 한국에 들어가느냐고 물었다. 들어간다고 대답했더니 아이들 중에는 한국에 가고 싶다고 말하는 아이가 있는가 하면 선물을 주문하는 아이도 있었다. 자기 엄마 화장품, 학용품 외에도 주문하는 물건이 다양했다. 심지어는 한국 담배를 주문하는 아이도 있었다. 자기가 좋아하는 가수 노래와 드라마를 USB에 다운받아다 달라는 주문이 제일 많았다.

전화벨이 울렸다. 엄마였다. 학교에 있을 때 엄마에게서 전화가 걸려 온 것은 처음이다.

"엄마, 이 시간에 어쩐 일이야?"

"아들 보고 싶어서 했지! 모레 들어온다며?"

"응, 오늘 웨이 집에서 자고 놀다가 모레 갈게."

"그래. 중국 친구한테 한국에 한번 놀러 오라고 해. 엄마가 보답은 해야지."

"응, 엄마. 그럼 모레 만나!"

대화하는 내내 엄마의 웃음소리가 자주 들렸다. 나 때문에 웃음을 잃었던 엄마가 웃음을 되찾은 것 같아 다행이었다. 엄마가 웃으니 내 마음속에도 웃음꽃이 피어오르는 것 같았다.

큰 캐리어를 한국으로 택배 보내고 나서 작은 기내용 캐리어만 들고 웨이 집으로 갔다. 이번에는 부모님이 일이 있어서 버스를 타고 웨이 집에 갔는데 저녁에 도착했다. 집 안에 도우미 아주머니만 있는 걸 보니 할머니도 외출한 것 같았다. 너무 더워서 샤워를 하고 2층 방에서 잠깐 침대에 누워 쉬었다. 침대에서 그대로 잠이 들어 깨어 보니 아침이었다. 푹 자고 나서인지 몸이 개운했다. 전날 부모님께 인사를 못해 1층으로 내려가 보았더니 웨이 엄마와 아빠가 아침식사 준비를 하고 있었다.

나는 인사를 하고 다시 2층으로 올라가 샤워를 했다. 웨이가 늦잠을 자고 나오더니 씩 웃었다.

"집에 가니까 좋냐? 일찍도 일어났네!"

"니가 늦게 일어난 거지 내가 일찍 일어난 것은 아니야."

"지금이 몇 시지?"

웨이가 시계를 보면서 말했다.

"그러네. 내가 늦잠을 잔 거네. 히히 오늘 우리 특별한 이벤트 열자."

"그럴까?"

내가 한국에 들어가면 두 달간 못 보게 될 터라 흔쾌히 동의했다.

"아빠한테 말하면 자동차 키와 카드를 줄 거야. 잠깐 기다려 봐."

웨이가 아래층에 내려갔다 올라오더니 나갈 준비를 하자며 방에 들어가 수영복 2개를 가지고 나왔다. 나에게 수영복 하나를 건네며 자기가 초등학교 때 입었던 수영복인데 나에게 딱 맞을 거라고 했다. 몸집이 작은 나를 배려해 주는 마음이 고마웠다. 나는 엄지 척을 해 보이고 수영복을 파우치에 넣었다. 밥 먹으라는 엄마의 소리가 들려 1층으로 내려가 식탁에 앉았더니 아빠가 차 키와 카드를 내주었다. 웨이는 벌떡 일어나 아빠에게 포옹을 하고 '땡큐'라고 말했다. 이런 것이 든든한 아빠의 맛일까? 웨이의 어깨에서 힘이 느껴졌다. 나는 태어날 때부터 아빠가 없었기 때문에 아빠의 맛을 잘 모른다. 친절하지만 왠지 형식적으로만 느껴지는 새아빠의 맛 말고, 진짜 아빠의 맛을 나도 느껴 보고 싶었다. 우리는 간단하게 아침 겸 점심식사를 하고 집에서 나왔다.

웨이는 아직 고등학생인데 용감하게 운전을 했다. 한국에서는 고등학생이 운전한다는 것은 상상도 못할 일인데 중국에서는

나의 엄지손가락

아주 쉽게 볼 수가 있었다. 아빠 차를 가지고 다니는 아이는 몇 명 더 있었다. 치앙도 자기 아빠의 고급 승용차를 몰고 다녔다. 치앙은 웨이와 친한 친구사이면서 부모끼리도 알고 지내는 사이였다. 그래서 웨이는 우리가 놀 때 항상 치앙을 불러냈다. 오늘도 어김없이 웨이는 치앙에게 연락했다.

수영장이 있는 스포츠센터까지 가는 시간은 웨이네 집에서 차로 30분 정도 걸렸다. 치앙은 도착해 있지 않았다. 치앙이 올 때까지 우리는 PC방에서 게임을 했다. 게임을 한 판하고 나니 치앙이 나타났다. 치앙과 게임을 두 판 더 한 뒤 PC방을 나와서 수영장에 갔다. 웨이와 치앙은 수영을 아주 잘했다. 나는 초등학교 때 동네 수영장에서 기본만 배운 것이 고작이었는데 치앙과 웨이의 수영 실력은 선수와도 같았다. 내가 피곤해서 의자에 앉아있자 웨이가 다가와 물었다.

"준, 재미없어? 우리 다른 데 갈까?"

"나 신경 쓰지 말고 놀아. 난 구경할게."

"아니야, 그럼 나가자. 내가 좋은 곳으로 안내할게."

"좋은 곳이 어딘데?"

"따라와 보면 알아. 너의 피곤을 확 날려 줄 만한 곳."

우리는 물만 대충 뿌리고 옷을 입고 나와서 웨이의 차를 타고 이동했다. 치앙은 웨이 차를 타고 움직이기로 했기 때문에 차를 가져오지 않았다고 했다. 웨이가 10층쯤 되어 보이는 빌딩으로 차를 몰고 들어갔다. 건물이 매우 고급스러워 보였다. 현관 앞에 서니 직원이 자동차 키를 달라고 했다. 직원이 차를 천천히 몰고 가는 폼이 소중하게 모셔 가는 것처럼 느껴졌다. 웨이 아빠 차는 어디라도 긁히면 그 직원의 월급을 다 털어 넣어도 차를 고쳐 주지 못할 만한 고급 승용차였다. 우리는 일단 사우나실로 들어가서 목욕을 했다.

목욕탕도 일반 목욕탕과 비교할 수 없을 만큼 엄청 크고 고급스러웠다. 1층 로비에 붙어 있는 안내판을 보니 목욕탕 건물은 9층으로 되어 있는데 1층은 사우나실, 2층은 휴게실, 3층은 카페, 4층은 마사지 숍, 5층은 수면실, 6층은 식당 7, 8층은 일반 호텔, 9층과 10층은 VIP 호텔 룸이었다. 우리는 1층에서 스파를 하고 그곳에서 제공해 준 편한 옷으로 갈아입고 2층 휴게실로 올라갔다.

"고등학생이 이런 곳에 와도 돼?"

"미성년자 출입금지 구역만 안 들어가면 돼."

나의 엄지손가락

"거기가 어딘데?"

"술집이나 퇴폐업소 같은 곳이지 뭐."

휴게실 소파에 기대어 TV를 보는데 스르륵 잠이 왔다. 내 졸린 눈을 보고 웨이가 먼저 말을 꺼냈다.

"우리 마사지 받을까? 준, 네 눈을 보니 피로 좀 풀어줘야겠는데?"

웨이가 살짝 미소를 지으며 말했다.

"나도 찬성."

옆에 있던 치앙이 웃으며 대답했다.

"전에 아빠랑 여기에서 마사지 받았는데 괜찮았어. 가자."

몸도 피곤했지만 그것보다는 그동안 마사지를 받아 본 적이 없어 한번 경험을 해 보려고 좋다고 답했다. 우리가 4층 마사지실로 올라가니 말끔하게 차려입은 종업원이 깍듯하게 인사했다.

"예약하셨나요?"

"아뇨. 사우나 왔다가 마사지도 받고 싶어서 왔어요."

종업원은 우리를 한 사람씩 방으로 안내했다. 치앙과 웨이는 익숙한 것처럼 아무런 반응도 없이 방으로 따라 들어갔다. 방에는 침대 하나만 덩그러니 놓여 있었다. 방에 혼자서 우두커니 있으니 어색했다. 잠시 뒤 마사지사가 들어와 나에게 침대에 누우라고 한 다음 머리맡에서 마사지 재료를 준비했다. 마사지를 시작하려고 마사지사가 내 머리에 손을 얹었을 때 갑자기 밖에서 어수선한 소리가 들리더니 남자 두 명이 들어왔다. 나는 깜짝 놀라 벌떡 일어났다. 나는 무슨 영문인지 몰라 눈을 동그랗게 뜨고 마사지사와 남자들을 번갈아 바라보았다. 마사지사가 마사지 중이라고 말하면서 무슨 문제가 있냐고 물었다. 남자들은 신분증을 내보이며 경찰이라고 말했다. 한 사람이 내 얼굴을 살피더니 막무가내로 내 핸드폰과 물건을 모두 챙겼다. 너무 당황스럽고 어이가 없었다. 마사지사도 얼굴이 상기되어 눈만 동그랗게 뜨고 어쩔 줄을 몰라 했다. 뭔가 잘못 되었다는 생각이 들어 가슴이 쿵쿵 뛰기 시작했다.

"왜 그러세요?"

뭔가 오해가 있는 것 같아 물었다. 곧 진실이 밝혀지고 그들이 미안하다고 말하며 내 소지품을 금방이라도 돌려줄 것 같았다. 경찰은 내 말에 아랑곳하지도 않고 밖으로 나갔다. 마사지사는 그 틈을 타서 가지고 들어온 물건들을 챙겼다. 나는 순간 머리가 멍했다. 다른 한 명의 경찰이 나와 마사지사에게 벽을 보고 앉으라고 명령했다. 일단 겁이 나서 아무 말도 못하고 시키는 대로 했다. 너무나 어이가 없고 황당했다. 잘못한 것이 없으니 바로 오해가 풀릴 것이라 생각하고 기다렸다. 시간이 많이 흘렀는데도 해결될 조짐이 보이지 않아 불안했다.

"애 꼬맹아, 너 보호자는 어딨어?"

"친구랑 왔어요."

"초등학생 아니야? 친구 부모님을 따라온 거니?"

"저는 고등학생이에요. 친구는 옆방에서 마사지 받아요."

경찰은 둘이 이야기를 나누더니 나를 복도로 데리고 나갔다. 내 왜소한 덩치와 작은 키 때문에 초등학생으로 오해하고 문제 삼은 것이라 생각했다. 복도에 나가니 웨이가 굳은 표정으로 앉아 있었다. 내가 반가워 웨이를 부르자 웨이가 말없이 손을 흔들었다. 경찰이 엘리베이터 쪽 문 앞과 비상구 쪽을 모두 막고 서 있는 것을 보니 분위기가 심상치 않아 보였다. 손님 중에는 우리 외에도 몇 명이 더 붙잡혀 있었다. 치앙은 보이지 않았다. 아무리 주변을 둘러봐도 치앙은 어디에도 없었다. 웨이는 나를 보며 씁쓸한 미소만 보낼 뿐 아무 말을 하지 않았다. 죄도 짓지 않았는데 괜히 죄인이 된 기분이었다.

"너희 둘이 친구야?"

내가 웨이를 반갑게 부르는 것을 보고 경찰이 말했다.

"네. 얘는 한국에서 유학 온 제 친구예요. 저희는 아무 잘못이 없어요."

웨이가 말했다.

"초등학생인 줄 알았는데 거짓말이 아니었네. 자, 잘잘못은 경찰서에 가서 따지고, 얼른 가서 옷 갈아입고 나와!"

한 경찰이 무전기를 받고 나서 우리에게 다가오더니 명령하듯 말했다. 우리가 옷을 갈아입으러 들어갈 때 경찰들이 한 명씩 따라붙었다. 옷을 다 갈아입고 나오니 경찰들은 우리의 팔을 잡고 건물 밖으로 나가더니 봉고차에 태웠다. 봉고차는 경찰 마크가 붙어 있는 경찰차였다. 우리는 경찰서로 이동했다. 치앙이 끝내 보이지 않는 것을 보니 운 좋게 잡히지 않은 모양이었다. 경찰차를 타고 가는 동안 이러다가 한국으로 돌아가지 못하게 되는 건 아닐까? 아니면 한국으로 추방당해서 중국으로 영영 들어오지 못하게 되는 건 아닐까? 엄마와 새아빠가 이런 내 상황을 알면 어떻게 받아들일까? 수민이는 나를 어떻게 생각할까? 등등 걱정거리가 폭설이 내려 눈 쌓이듯 했다. 내가 경찰서에 끌려

나의 엄지손가락

갔다는 소식을 듣고 엄마가 영영 웃음을 잃어버리는 것은 아닐까 너무 걱정스러웠다. 엄마에게 사실대로 말해서 억울함을 호소하면 내 말을 믿어 주기나 할까? 머릿속은 엄마 걱정으로 가득 찼다.

경찰서에 도착해서 일이 돌아가는 상황을 보니 쉽게 풀리지 않을 것 같았다. 웨이는 아빠가 치앙 아빠에게 연락을 받고 우리를 데리러 올 것이라며 걱정 말고 기다리자고 했다. 희망을 가지고 웨이 아빠를 기다렸지만 일이 잘 풀리지 않는지 저녁이 다 되도록 오지 않았다. 우리는 무죄가 밝혀질 때까지 무작정 기다려야 할 것 같았다.

무슨 연유인지는 모르지만 무죄가 증명이 되지 않아 결국 우리는 구치소 마룻바닥에서 하룻밤을 보내야 했다. 너무 추웠다. 40도가 넘는 무더운 여름이었지만 몸이 오돌오돌 떨렸다. 추위를 느끼는 건 나뿐만이 아니라 웨이도 마찬가지인 것 같았다. 우리 둘은 체온을 합치기 위해 최대한 밀착해서 몸과 몸을 붙였다. 몸에 온기가 도니 스르르 눈이 감겼다. 잠을 잔 지 3시간 정도 지났을 때 눈이 저절로 떠졌다. 시계를 보니 새벽 5시였다. 원래 계획대로라면 지금 이 시간에 웨이네 집에서 공항으로 출발

해야 했다.

갑자기 한국 집에서 기다리고 있을 엄마가 생각났다. 며칠 전 학교에서 엄마와 통화했을 때 빨리 보고 싶다고 했던 엄마의 목소리를 떠올리니 눈물이 났다.

비행기표는 어떻게 되는 거지? 비행기표를 빨리 취소해야 할 것 같아 벌떡 일어섰다. 경찰에게 다가가 공손하게 말했다. 거절하면 계속 졸라서라도 엄마에게 카톡을 보내야만 했다.

"제가 오늘 한국으로 들어가는 날인데 엄마에게 문자라도 보낼 수 있게 해주세요. 비행기표를 취소해야 하거든요."

"안 돼."

딱 자르는 말에 불끈 화가 치밀었다. 이제는 엄지손가락이 반응을 하지 않고 주먹이 반응을 보였다. 그러고 보니 언제부터인가 내 마음속에 불안증이 와도 엄지손가락이 반응을 하지 않는 것을 느꼈다. 두 주먹을 불끈 쥐고 어쩔 줄을 몰라 하자 웨이가 다가가서 지폐 한 장을 건네며 정중하게 다시 한 번 부탁을 했다. 그동안 아무런 반응도 없었던 경찰들은 한참 동안 대화를 나누더니 한 명이 어디론가 들어가서 내 핸드폰을 가지고 나왔다.

엄마에게 문자를 쓰기 시작했다. 손이 떨려서 오타가 많이 나왔다. 수정하지 않고 최대한 많은 글자를 쓰려고 노력했다.

  – 엄마, 나 오늘 일이 좀 생겨서 한국 못 들어가. 별일은 아니니
    걱정 마.
    이제 폰이 안 될 거야. 또 연락할 때까지 기다려. 일단 비행
    기표 좀 취소해 줘. 엄마, 미안해.

  엄마에게 톡을 보내고 나니 더 걱정이 되었다. 충분한 대화
를 했어야하는데 엄마가 엉뚱한 상상을 하기에 딱 좋은 메시지
였다.

  – 무슨 일 생긴 거 맞지? 준아, 무슨 일이야?
  – 별일 아니니 걱정 마.

  엄마가 안 좋은 일이라는 것을 감지한 것 같았다. 새아빠 눈
치를 보는 것은 아닌지 걱정되었다. 내 삶이 카오스에서 코스모
스로 넘어가는 문턱에 다다랐다고 생각했는데 또 큰 일이 터지
니 살아가는 것이 수수께끼처럼 느껴졌다. 내 청소년기는 영영

카오스에서 빠져나오지 못하는 것일까? 아니면 세상이 불안할 때 나타나는 내 도벽증과 엄지손톱 물어뜯는 습벽을 테스트라도 하고 있는 것일까? 이런 상황에서 이빨에 물어뜯기고 있어야 할 엄지손톱은 얌전했다.

오전 11시 정도에 경찰들이 밥을 시켜 줬다. 나는 밥 생각이 없어 먹지 않는다고 했다. 하지만 웨이가 와서 빨리 조금이라도 먹어야 한다고 나를 끌고 갔다.

"밥은 먹어야 해. 지금 안 먹으면 누가 너한테 밥을 주겠니? 빨리 먹자."

"밥이 안 넘어가서 못 먹겠어."

"너 안 먹으면 나도 안 먹을 거야."

웨이가 먹던 젓가락을 바닥에 내려놓으며 말했다. 눈물이 핑 돌았다.

"먹을게. 너도 어서 먹어."

식욕이 없었지만 웨이를 생각해서 젓가락을 들어 먹으려고 노력했다. 웨이도 내가 밥을 한 술 뜨는 것을 보고 젓가락을 집어 들었다. 웨이 때문에 할 수 없이 젓가락을 들었지만 음식 맛도 없고 식욕도 없는데 밥 먹는 곳이 하필 화장실 옆이라서 구역질이 났다. 웨이는 화장실이 옆에 있는 것을 개의치 않는 것 같았다. 웨이는 물을 떠다가 옆에 놓아주며 내 등을 토닥여 주었다.

"너는 내가 어디가 좋아서 잘해 주니?"

"우린 친구이자 의형제잖아."

사실 그동안 웨이가 나에게 필요 이상으로 친절하게 베풀고 경제적으로 도움을 주는 것이 불편해서 물은 것이다. 그보다도 웨이가 언젠가 나에게 등 돌리게 되어 내가 상처를 받을까 봐 더 겁이 났던 것이다. 중국 사람들의 관시는 수시로 바뀔 수도 있다고 들었기 때문이다.

"네가 우리 중국으로 유학을 왔으니 우리가 손님에게 베푸는 것은 당연하지. 내가 한국에 가면 네가 베풀어 줄 거잖아."

"그렇지만 내가 형편이 안 좋아 은혜를 갚지 못하면 어떡하지?"

"괜찮아. 니가 커서 돈을 많이 벌게 되면 그 때 갚으면 돼. 우린 친구이고 의형제잖아. 한 번 친구는 영원한 친구야."

중국인들은 사람을 사귀면 끝까지 간다는 해주의 말이 생각났다. 그럼 수시로 바뀔 수 있다는 관시는 뭐지? 같은 아시아 사람이라서 친근감 있게 느껴졌는데 그 사람들을 이해하는 데 있어

서는 생각이 복잡했다. 하얼빈에 있을 때 유학원 원장이 중국인
은 사람을 사귈 때 사업 파트너로 생각하며 만난다는 말은 맞는
것 같은데 자기의 이익을 따진다고 했던 말은 잘못된 생각 같았
다. 멍하니 생각에 잠겨 있다가 말을 꺼냈다.

"근데 웨이 너는 우리가 여기에 왜 잡혀 왔는지 아니?"

"나도 모르겠어."

웨이는 밥을 다 먹고 나서 경찰에게 다가가 말을 건넸다. 웨
이가 사투리를 쓰고 있어서 무슨 말인지 알아들을 수는 없었다.
웨이와 한참을 대화하고 난 경찰은 웨이에게 핸드폰을 건네주었
다. 일에 진전이 있을 것 같은 좋은 예감이 들었다. 웨이의 아빠
와 통화만 된다면 오늘 저녁에라도 나갈 수 있을 것 같았다. 아빠
와 통화를 끝내고 돌아오는 웨이의 얼굴은 밝아 보였다.

"아빠가 지금 곧 이리로 온대."

"정말?"

웨이의 아빠가 온다니 문제가 해결된 것 같아 마음이 놓였
다. 아빠의 든든한 힘이 느껴졌다. 우리는 흥분되어 점점 말도 많
이 하게 되고 농담도 주고받았다.

"준, 너는 중국에 와서 내 덕에 이렇게 특별한 경험을 하는

거야. 하하하.”

“그런가? 나쁘진 않아. 어느 유학생이 이런 경험을 해 보겠어. 히히.”

“우리가 나중에 어른이 되어 술 한잔할 때 분명 이 경험을 추억 삼아 얘기하게 될 거야.”

웨이가 웃으면서 말했다. 하지만 나는 해결해야 할 큰 과제가 남아 있는 것처럼 마음이 찜찜했다. 내가 아무 일도 저지르지 않았는데 그냥 경찰이 잡아갔다는 말을 누가 믿어 줄까? 나가면 바로 한국으로 들어가는 비행기표도 알아봐야 하고 들어가서는 내가 경찰서에 잡혀가게 된 일이 오해로 생긴 일이라고 가족들을 이해시킬 일이 남아 있어 마음이 심난했다. 엄마와 새아빠의 심문에 대한 부담감이 가슴을 옥죄었다.

“너 얼굴이 왜 그래? 오늘 나갈 수도 있는데 안 좋아?”

웨이가 근심 어린 내 얼굴 표정을 보고 말했다.

“아니. 좋지.”

대답을 하면서 시선을 밖으로 돌리는데 웨이 아빠의 모습이 보였다. 아빠는 들어오더니 먼저 경찰들에게 다가갔다. 아빠가 합의하고 있는 것을 보고 웨이의 얼굴이 활짝 피었다. 자상한 친아빠를 둔 웨이가 부러웠다. 이야기가 길어지는 것을 보니 합의가 쉽게 되지 않는 모양이었다. 한참 뒤 아빠는 굳은 표정으로 밖으로 나왔다. 웨이가 아빠에게 다녀오더니 갑자기 시무룩한 표정으로 나에게 말했다.

"나는 오늘 못 나갈 것 같아."

웨이는 풀이 죽어 있었다.

"그게 무슨 말이야?"

내가 놀라서 말했다.

"그렇게 됐어. 나중에 얘기해 줄게."

"그럼, 나도 여기서 너랑 있을래."

내가 진지하게 말했다. 웨이는 고개를 저었다. 별것 아닌 일로 계속해서 예측할 수 없는 일들이 발생하고 있는 것 같았다.

"아마 너는 오늘 중으로 나갈 수 있을 거야."

"저도 웨이랑 함께 여기서 있을래요."

웨이 아빠의 말에 내가 답했다. 경찰서 안에서 물 한 모금이라도 먼저 마시게 해 주고 밥도 먹으라고 챙겨 줬던 친구가 못 나간다니 진심으로 끝까지 함께하고 싶은 마음이었다.

"안 될 거야!"

나의 엄지손가락

"왜 안 된다는 거예요?"

내가 아빠에게 말하자 웨이가 내 어깨를 잡았다.

"난 또 다른 데로 갈 거래. 2~3일이면 돼. 걱정하지 마."

아빠는 저녁밥을 시켜서 우리와 함께 먹었다. 밥을 먹고 나서 웨이가 작은 소리로 말했다.

"너는 곧 나가고 난 교도소로 갈 거래."

눈물이 핑 돌았다.

"준, 여기서 나가면 한국 부모님한테 연락해서 비행기표 다시 끊어서 빨리 한국으로 돌아가. 내가 나가면 연락할게."

웨이는 나를 안으며 작별인사라도 하듯 말했다. 나는 눈물이 나서 말이 나오지 않았다. 웨이도 나를 더 꼭 부둥켜안고 울었다. 시간이 조금 흐른 뒤 웨이는 지장을 찍고 사진을 찍었다. 나는 서류에 지장을 찍고 벌금 500위안을 냈다.

"너는 나가도 돼."

경찰이 나에게 다가오더니 딱딱하게 말했다. 웨이는 경찰 손에 이끌려 봉고차를 타러 가고 있었다. 나는 웨이의 손을 잡고 함께 걸었다.

"내가 교도소에 가면 3일을 살아야 하니 네가 3일 안에 한국에 갔으면 좋겠어."

웨이가 봉고차 앞에 서서 내 손을 놓으며 말했다. 웨이는 눈시울을 붉히며 봉고차에 올랐다. 나도 눈물이 줄줄 흘러내렸다. 흐르는 눈물이 멈추질 않았다.

"너라도 풀려나서 정말 다행이야."

봉고차가 떠나고 나자 웨이 아빠가 나를 보고 미소를 지으며 말했다. 입은 미소를 짓고 있었지만 얼굴은 편안해 보이지 않았다. 바깥공기가 답답하게만 느껴졌다.

"멀리 유학 와서 이런 일도 당하고. 고생했다, 준아."

아빠가 나를 끌어안으며 말했다. 아빠 품이 포근했다. 이런 것이 진짜 아빠의 맛일까? 나는 이제까지 새아빠가 포옹을 해 주어도 진정한 아빠의 맛을 느끼지 못했다. 항상 어색하고 새아빠의 마음을 의심했기 때문이다.

"근데 웨이는 왜 못 나와요? 아무 죄가 없다고요. 우리는 그냥 마사지만 받으려고 한 건데."

"알아. 너는 외국인이고 웨이는 자국민이라서 저놈들이 건수 올리려고 웨이를 더 잡아 두려고 하는 것 같아."

"우리는 잘못이 없는데 너무 억울해요."

"너희들이 간 곳이 허가가 안 난 불법 퇴폐업소래. 나도 그 사실을 오늘 처음 알았어. 그나저나 준아, 어쩌지? 집에 할머니가 계셔서 웨이가 나올 때까지 호텔에서 좀 묵었으면 좋겠는데."

웨이 아빠의 말은 할머니가 걱정하실까 봐 나와 웨이가 여행을 갔다고 둘러댔다는 것이다. 나는 바로 옆이 후견인 집이라고 거짓말을 하고 후견인 집에 가 있겠다고 말했다. 아빠는 잘됐다며 웨이가 나오는 날 연락할 테니 그 때 꼭 함께 집으로 가자고 했다. 웨이 아빠는 반쯤 남은 내 손톱의 봉숭아 물을 힐끔 쳐다보고는 웃픈 표정을 지으며 차 있는 쪽으로 향했다. 이 봉숭아 물때문에 운이 좋아 내가 웨이보다 일찍 나왔다고 생각하는 것 같았다. 걸어가는 웨이 아빠의 뒷모습이 쓸쓸하고 슬퍼 보여 뛰어가 안아 주고 싶었다. 웨이 아빠를 향한 이런 마음도 아빠의 맛일까? 지금 생각하니 새아빠가 엄마와 행복하기를 바랐던 것은 어쩌면 아빠의 맛이 느껴졌기 때문인 것 같다.

13. 냉정한 후견인

후견인 집에 간다고 말은 했지만 막상 해주 집으로 가는 것은 불가능할 것 같았다. 중국에서 어떻게든 적응해 보려고 중국 친구들 비위를 맞추며 살다 보니 고마운 해주네를 잊고 지냈다. 남들이 보기에 평범해 보이지 않는 우리 집의 가족사를 들키고 싶지 않아 한국인들이 불편했던 것은 사실이다. 남의 가족사에 관심을 두는 한국 어른들 중에는 사람들이 정해 놓은 평범의 기준에 어긋나는 가족과는 거리를 두면서 두고두고 뒷말을 하기 때문이다. 언젠가부터 해주 부모님이 나에게 불편한 기색을 보이기 시작했을 때 우리 엄마와 이야기 중에 우리 가족사에 대해 알게 된 것 같았다. 그 뒤로 나는 스스로 어떻게 해서든 중국에서 버텨내야만 했기 때문에 해주네 가족에게 소홀했던 것이다. 학교에서

나의 엄지손가락

해호에게라도 가끔 찾아가 동포애를 나누어 왔다면 자연스럽게 해주나 해호에게 부탁하기 쉬웠을 텐데 후회가 되었다.

갈 곳을 아무리 생각해 봐도 떠오르지 않았다. 랑랑은 영국으로 유학을 갔고 내 사정을 이해해 줄 만한 상진이도 한국으로 먼저 들어가서 부탁할 만한 사람이 없었다. 학교 친구들은 웨이 외에는 집에 신세를 질만큼 친밀한 관계가 아니기 때문에 연락할 수가 없었다. 중국 사람들처럼 사람과 사람 간에 관계를 잘 맺어 놓아야 하는 이유가 여기 있었다는 것을 절실히 깨달았다. 할 수 없이 해주에게 전화를 걸어 보았다. 폰에 친구들 연락처는 많았어도 이런 상황에서는 한국 친구가 부탁하기에는 편했기 때문이다. 해주 엄마가 내 후견인이기도 하니까 냉정하게 내몰지는 않으리라 생각했다.

"해주야, 너 어디니? 주저우야? 항저우야?"

"응, 주저우야."

해주의 '주저우'라는 단어가 몹시 반가웠다.

"응, 잘됐다. 해주야, 나 오늘 너희 집에 놀러 가도 되니?"

"응? 으응~ 놀러 와도 되긴 한데……."

해주 목소리가 달가워하지 않는 것 같았다.

"그래, 고마워. 갈게."

"근데."

해주가 다른 말을 하려고 하는데 전화를 끊었다. 뒤에 들려올 말이 두려웠기 때문이다. 안면몰수하고 이틀만 신세를 지기로 마음먹었다. 길가에서 대추를 한 바가지 사 들고 해주네 집으로 갔다. 해주 엄마가 주저우 대추가 무척 달콤하니 맛있다고 했던 적이 있기 때문이다. 초인종을 누르니 해주 엄마가 먼저 나왔다.

"안녕하세요?"

문을 열어 준 해주 엄마 표정이 굳어 있었다. 전학 수속을 밟을 때 나에게 친절을 베풀어 주었던 인자한 이미지는 찾아볼 수가 없었다. 잘못 왔다고 생각했지만 나갈 수도 없었다.

"너 어떻게 된 거니? 지금 구치소에서 오는 길이니? 내가 사람을 잘못 봤지."

"……."

나는 너무 놀라서 말문이 막혀 대답을 하지 못했다. 어떻게 알았을까? 빨리 오해를 풀어야 할 것 같아 말을 해야 하는데 말이 나오지 않았다. 해주 엄마는 무슨 말을 하려다 말고 등을 홱 돌려 방으로 들어갔다. 뒷모습에서 냉기가 느껴졌다. 이대로 나

나의 엄지손가락

가야 하나 안면몰수하고 들어가야 하나 망설이고 있는데 해주가 방에서 억지 미소를 지으며 슬금슬금 걸어 나오고 있었다. 내가 방문하는 문제로 엄마와 갈등을 빚은 모양이었다.

"안녕."

"……."

해주가 먼저 손을 흔들며 인사를 했다. 나는 인사할 기분이 아니었다.

"들어와."

해주는 내가 들고 있는 대추 봉지를 받아 들고 살금살금 걸어서 내가 쓰던 방으로 안내했다. 해호는 아빠와 잠깐 한국으로 들어갔다고 했다. 집안 분위기는 숨이 막히도록 적막했다.

"한국엔 언제 들어가?"

"오늘 가기로 했는데 이 일 때문에 못 갔어. 근데 우린 너무 억울해. 우리가 아무것도 안 했는데 막무가내로 끌고 갔어. 경찰 새끼들이 무슨 양아치 새끼들 같아. 아! 정말 빡쳐. 그래서 비행기표도 다시 예매해야 해. 근데 나 구치소에 간 거 엄마가 어떻게 아셨어?"

"니 엄마가 문자 주고받은 뒤로 너에게 연락이 안 된다고 걱정돼서 우리 엄마한테 전화를 하셨어. 그래서 엄마가 니 친한 친구 웨이 아빠 회사를 수소문해서 거기에 전화를 했지."

"아, 그랬구나."

"우리 엄마가 서운하게 해도 이해해 줘. 엄마가 너에 대해서 뭔가 오해를 하고 계셔. 내가 아무리 말해도 소용없어."

"그렇구나. 괜히 민폐를 끼쳐드려 죄송하네. 너한테도 미안하고."

"난 괜찮아. 그럼 쉬고 있어."

해주는 이미 내가 딱히 갈 곳이 없다는 사정을 아주 잘 알고 있어서 엄마에게 억지를 부린 것 같았다. 폰 배터리가 다돼서 콘센트에 충전기를 꽂아 핸드폰을 켰다. 엄마에게 수십 통의 문자와 부재중 전화가 와 있었다. 엄마가 얼마나 걱정했는지 알 것 같았다.

- 엄마, 미안해. 들어가서 다 말해 줄게. 뭔가 오해가 있었어.
  이제 다 해결되었으니 걱정 마.

엄마에게 바로 답장이 오지 않았다. 배가 고팠다. 밖에서 식사 준비를 하는 소리가 들리고 밥 먹는 소리까지 들리는데 해주 엄마는 나를 부르지 않았다. 밥을 다 먹고 난 다음 엄마가 설거지까지 끝내고 방으로 들어간 뒤에야 해주가 방으로 밥을 갖다 주었다. 배고파서 먹긴 했지만 체할 것 같았다.

해주 집에서 머문 지 이틀째 되는 날인데도 웨이 아빠에게 전화가 오지 않았다. 불안해하고 있는데 밖에서 해주 엄마의 언성 높은 소리가 들렸다.

"우리 집에 도둑고양이가 있나? 자꾸 부엌에 있는 음식들이 없어지네!"

"엄마, 치사하게 왜 그래? 쟤가 다 들어 조용히 좀 해."

"너 말 잘했다. 쟤는 왜 안 가고 있니? 너 해주! 집에 저런 아이 들여서 어쩌려고 그래? 너 쟤 좋아하니?"

"엄마! 아닌 거 잘 알잖아. 부모 없이 타국에 와서 고생하는 애 좀 도와주면 안 돼? 우리도 중국인들 겪어 봐서 알잖아. 그리고 우리가 쟤한테 해 준 건 또 뭐가 있어?"

"이 맹추야, 정신 차려. 에효 그렇게 순진하니까 저런 돼먹지 못한 애한테 엮이기나 하지. 엄마는 여기 와서 유학 온 학생이 구치소 들락거리는 건 처음 봐. 쟤 엄마가 한국에서 얼마나 속이 탔으면 우리 집으로 전화를 다 했을까? 아빠가 새아빠니까 저렇게 삐딱하게 나가지."

해주 엄마가 오해하는 것 같았다. 나는 새아빠와 수민이를 대하는 것이 서먹서먹하긴 했어도 싫어한 적은 없었다. 새아빠는 늘 나와 엄마에게 거리감 없이 자상하게 대하려고 노력했던 사람이라서 새아빠 때문에 삐딱한 행동을 한 적은 없었다.

"엄마!"

"처음부터 알아봤어야 하는데. 학교에서 해호 데리고 매점에 다니며 깡패 같은 애들과도 시비가 붙었잖니!"

"엄마! 정말 왜 그래. 그건 오해야. 해호 말이나 들어봤어? 중국 애들이 먼저 시비를 건 거라고."

"너야말로 왜 그러니? 어휴 속상해."

전학한 지 얼마 안 되어 해주 동생과 매점에 가다가 잠깐 시비가 붙었던 치앙 얘기를 하는 것 같았다. 매점에는 해호가 먼저 가자고 했는데 억울했다. 내가 학교에서 해호에게 가끔 찾아가서 잘 지냈으면 오해가 덜했을 것 같은데 내 불찰이라 생각했다. 매점 일은 해주 엄마가 정말 잘못 알고 있는 것 같아 관계가 괜찮다면 당장이라도 해명하고 싶은 심정이었다. 해주 엄마는 내가 겁

나의 엄지손가락

쟁이라는 것을 잘 모르는 것 같았다. 해주 엄마의 입에서 흘러나오는 이야기를 듣고 있자니 내 자신이 몹시 비참했다. 진동음이 울려 확인해 보니 엄마 문자였다.

- 이제 안정을 되찾았다 생각했는데 엄마가 잘못 생각했어. 너는 여전히 불안하게 살고 있는 것 같구나. 엄마가 어떻게 해야 할지 모르겠다. 이번 일을 또 아빠와 수민이에게는 어떻게 말해야 할지 난감하구나.

나 때문에 새아빠와 수민이 눈치를 보는 것 같았다. 또 나 때문에 맘고생하고 있을 엄마를 생각하니 너무 미안했다. 웨이 아빠한테서 전화가 올 때까지 기다릴 수가 없어서 짐을 쌌다. 일단 해주 집에서 나가야 할 것 같았기 때문이다. 거실이 조용한 틈을 타서 슬그머니 가방을 들고 현관 밖으로 나왔다. 아침부터 갈 곳이 마땅치 않아 거리를 하염없이 걸었다. 내 신세가 비참하게 느껴져 눈물이 났다. 웨이는 어떻게 되었을까? 웨이 아빠에게는 정말 전화가 올까? 전화가 안 오면 나는 어떻게 해야 할까? 한국으로 그냥 돌아가야 할까? 엄마는 어떻게 하고 있을까? 여러 가지 생각으로 머리가 복잡하게 돌아가고 있을 때 통화 진동음이 울렸다. 웨이 아빠였다.

"준, 웨이가 오늘 나오게 됐어."

몹시 반가웠다.

"네? 정말요? 후견인 집이니까 금방 갈게요."

"아니다. 내가 차 가지고 그쪽으로 갈 테니 기다려."

내가 있는 곳을 문자로 찍어 보내 주고 기다렸다. 기다리는 동안 해주에게서 몇 통의 전화와 메시지가 왔다. 대화할 기분이 아니라서 전화는 받지 않고 민폐를 끼쳐 미안하다고 간단하게 메시지만 보냈다. 20분쯤 더 기다리니 웨이 아빠 차가 도로에서 서행하는 것이 보였다. 나를 찾고 있는 것 같았다. 나는 차 있는 쪽으로 얼른 달려갔다. 웨이 아빠를 보니 눈물이 핑 돌았다. 내가 차에 타자 곧 교도소로 향했다.

"웨이가 정말 자국민이라서 못 나온 거예요?"

"너는 외국인이라 잡아 두면 복잡해서 풀어 준 거고, 웨이는 중국인이라서 자기들의 실적을 올릴 수 있어 잡아 둔 거래."

"웨이가 아빠와 함께 와 봤다고 해서 괜찮은 줄 알았어요."

"나도 거기가 허가 안 된 불법업소인지 처음 알았어. 세상에는 그런 반칙을 써서 돈을 버는 사람들이 많으니 조심해야 한다. 상인은 정직이 생명이라는 걸 명심해야 해."

아빠는 건물 앞으로 가더니 차를 세우고 내리자고 했다. 문 앞에서 기다리고 있는데 웨이가 헬쑥한 얼굴로 힘없이 나왔다. 나는 웨이에게 달려가 부둥켜안고 울었다. 웨이도 울고 있었다. 아빠는 우리가 울음을 그칠 때까지 옆에서 기다렸다. 내가 웨이의 몸을 아빠 쪽으로 밀었다. 웨이는 아빠를 안고 또 엉엉 울었다. 덩치만 컸지 행동은 어린아이 같았다.

"오늘은 너희 둘이 호텔에서 자야겠다."

"왜? 난 집에 빨리 가고 싶은데."

"할머니가 집에 계시잖니. 네 모습을 보면 할머니가 놀라실 거야."

"할머니는 아직 몰라?"

"그래. 걱정하실까 봐 준과 여행 갔다고 했어. 그래서 준도 집에 못 들어가고 있었어. 불편하더라도 오늘만 호텔에서 자렴."

웨이가 말없이 고개를 끄덕였다. 내가 괜히 미안했다. 아빠는 우리 둘을 차에 태우고 호텔로 데려갔다. 호텔을 미리 예약해 놓은 것 같았다. 우리 방은 5층이었다. 아빠는 가방에 싸 가지고 온 옷가지를 웨이에게 주고 나에게는 어느 옷을 가져와야 할지 몰라서 내 캐리어를 통째로 가져왔다며 건넸다. 웨이가 씻는 동안 나와 아빠는 1층 로비에서 기다렸다.

웨이가 말끔하게 씻고 내려오자 아빠는 밥 먹으러 가자고 했다. 아빠가 안내한 곳은 그 호텔 안에 있는 고급 음식점이었다. 회전 원탁 위에 온갖 음식들이 올려졌다. 음식을 입속에 꾸역꾸역 밀어 넣고는 있었지만 맛을 느끼지 못했다. 머릿속에는 내일의 걱정으로 가득했다. 내가 맛있게 먹지 못하고 있으니 아빠는 입에 맞지 않느냐며 멀리 있는 요리들을 내 앞으로 돌려 주며 먹어 보라고 권했다. 웨이는 걱정거리가 하나도 없는 환한 얼굴로 맛있게 음식을 먹고 있어 부러웠다. 며칠을 맛없는 음식으로 끼니를 때워서 꿀맛이라고 엄지 척을 해 보이며 행복해했다.

"이제 모든 게 다 해결됐으니 잊고 맛있게 먹자! 아는 사람을 통해서 들었는데 그 경찰들이 갑자기 위에서 높은 사람이 순회한다고 하니까 실적 올리려고 너희들을 잡아갔다는구나. 그 사우나 건물이 불법 영업을 하는 곳이라서 타깃이 된 것 같아."

아빠가 내 앞으로 양고기를 돌려 주며 말했다. 말없이 양고기 뼈를 하나 들어 살을 발라먹었다. 아빠는 흐뭇해하며 내 등을

나의 엄지손가락

토닥여 주었다. 갑자기 눈물이 핑 돌았다.

엄마의 말이 자꾸 걸려 걱정되었다. 내가 엄마에게서 또 다시 웃음을 빼앗은 것 같아 가슴이 쓰라렸다. 식사를 다 끝내고 로비로 나왔다. 아빠와 차 한 잔을 하며 이야기를 나눈 뒤 아빠는 집으로 돌아갔다. 우리는 5층 방으로 올라가 침대에 누웠다. 웨이와 나는 며칠간 겪은 이야기를 밤새도록 애기하고 또 이야기했다.

"참, 치앙은 어떻게 된 거야?"

보이지 않았던 치앙이 궁금해서 물었다.

"걔는 그냥 집으로 돌아가라고 해서 걔네 아빠가 와서 데려갔대."

"그렇구나. 근데 왜?"

"걔 아빠가 대단한 분이셔. 치앙이 아빠 이름을 대고 나서 아빠와 통화를 한 뒤 기다렸다가 집으로 돌아간 것 같아. 우리도 함께 빼달라고 요청했는데 경찰들의 사정으로 거절했대. 참, 비행기표는 어떻게 됐어? 취소하고 다시 예매했어? 날짜가 언제야?"

난 순간 말문이 막혔다. 어떻게 대답해야 할지 망설이고 있는데 웨이가 재촉하듯 말했다. 후견인 집에서 문전박대당한 이야기는 창피해서 할 수가 없었다.

"자냐? 왜 대답이 없어? 언제야? 우리 집에서 조금만 더 놀다 가면 안 돼?"

"오늘 네가 나올 거라는 소식 듣고 내일 가는 걸로 바로 예매했어. 얼굴만 보고 가려고."

혼자 조용히 생각 정리를 하고 싶어서 사실대로 말하지 않았다. 지금 심정으로는 웨이 집에서 지내는 것도 불편할 것 같았다.

"그래? 제대로 놀지도 못했는데 아쉽네. 히히. 그럼, 내일 아빠에게 차 가져오라 해서 공항까지 데려다 줄게. 피곤하다. 이제 자자."

웨이가 하품을 하며 말했다. 잠을 자면 못 일어날 것 같아 눈만 감고 밤을 샜다. 웨이가 가끔 코를 골며 숨을 길게 내쉬는 것을 보니 깊이 잠든 모양이었다. 문득 웨이가 깨기 전에 일어나야겠다고 생각했다. 비행기 표를 예매하지 않은 것을 알면 웨이가 소란을 피울 것 같았기 때문이다.

생각을 정리하지 않고는 바로 한국으로 갈 수 없을 것 같아 비행기표를 예매하지 않았다. 새아빠와 수민이에게 주눅 들고 싶지 않아 더더욱 그랬다. 엄마에게도 당당한 모습을 보여 주기 위

　　　　　　　　　　　　　　나의 엄지손가락

해서는 생각을 정리할 시간이 필요했다. 잠깐 잠들었다가 눈을 떠 보니 새벽 4시 30분이었다. 슬금슬금 짐을 챙겼다.

  - 네가 곤히 자고 있어서 먼저 나간다. 너도 며칠 동안 집에 못 들어갔으니 깨는 대로 집에 얼른 들어가. 부모님과 할머니께는 나에 대해서 잘 좀 말해 주고. 한국에 도착하면 연락할게.

  화장실에 앉아 용변을 보면서 메시지를 남기고 나서 서둘러 나왔다. 좋은 일 뒤엔 안 좋은 일이 있기 마련이라는 말이 절실하게 다가왔다. 그 일 때문에 그동안 쌓아 놓은 공든 탑이 무너져 버린 것 같아 허탈했다. 내가 중국에 와서 겪었던 일들이 주마등처럼 머릿속을 스치고 지나갔다. 손톱의 봉숭아 물을 내려다보았더니 손톱에 반쯤 남아 있었다. 이 봉숭아 물이 짧아지고 있어 효력을 잃어 가고 있는 것일까? 어느 순간부터 내 마음도 보이지 않는 무언가에 의존하고 있는 것 같았다. 무엇인가를 믿고 의지한다는 것은 마음에 위안을 주어 나쁘지만은 않았다.

14. 황산의 소나무

　호텔에서 일단 나오긴 했는데 어디로 가야 할지 생각나지 않았다. 목이 말라 편의점을 찾으려고 주변을 둘러보다가 황산이란 글씨와 그 옆에 소나무가 그려져 있는 표지판을 보게 되었다. 황산과 관련된 물건이나 먹거리들을 파는 곳 같았다. 문득 황산 등반은 죽기 전에 꼭 해 보아야 한다고 했던 웨이 아빠의 말이 생각났다. 웨이 엄마는 황산을 365일 중에 280일은 안개 속에서 자기 몸을 드러내 보이지 않는 콧대 높은 산이라고 농담처럼 말했다. 오늘 가면 자신의 몸을 드러낸 콧대 높은 황산을 볼 수 있을까? 전에 웨이 가족들과 갔을 때 등산을 해 보고 싶었는데 웨이를 배려하기 위해 내가 등산을 잘한다는 이야기를 하지 않았다. 한국에 들어가기 전에 생각 정리도 하고 마음도 추스를 겸해서 황산

　　　　　　　　　　나의 엄지손가락

에 올라 봐야겠다는 생각이 들었다. 엄마가 새아빠와 결혼하기 전까지는 엄마를 따라 자주 등산을 했던 습관이 있기 때문에 산에 오르는 것은 겁나지 않았다. 전에 웨이 아빠 차를 타고 갔을 때 2시간 정도 걸렸으니 버스로는 3시간쯤 걸릴 것 같았다.

우선 갈증을 해소하기 위해 큰 길로 나가 편의점에서 물을 샀다. 전에 웨이와 의형제를 맹세하면서 자물쇠를 걸어 놓았던 시신 봉까지 오르는 것을 목표로 정하고 택시를 잡았다. 전에 갔을 때 문득 서터미널에서 가는 버스가 있다고 들었던 기억이 떠올랐다.

"난 한국 사람인데 황산에 가려면 어떻게 가야 하나요?"

가는 방법을 다시 확인하기 위해 택시기사에게 물었다.

"서터미널에서 황산 가는 직통 버스가 있는데 세 시간쯤 걸려요."

"아~ 네. 고맙습니다. 서터미널로 가 주세요."

내 기억이 맞았다. 택시는 20분쯤 달려서 서터미널 앞에 내려 주었다. 대합실로 들어갔더니 아침 6시 50분 버스가 있었다. 표를 사고 캐리어를 짐 보관 장소에 맡겼다. 가방만 메고 버스에 탔다. 버스는 10분 뒤에 출발했다. 평일인 데다 첫차라서인지 좌석이 꽉 차지는 않았다. 핸드폰을 꺼냈다.

- 준, 너 어떻게 된 거야? 왜 안 깨웠어?

- 웨이, 미안. 너도 빨리 집에 들어가 봐. 네가 곤하게 자고 있
  어서 그냥 나왔어. 한국에 도착하면 연락할게.

- 이른 아침 비행기였구나. 그래. 도착하면 꼭 연락해.

차가 출발하고 나서 졸음이 쏟아져 눈을 감았다. 팅거우까지 가는 동안 3시간 자고 나면 못잔 잠을 보충하기에 충분할 것 같았다.

버스가 출발한 지 1시간 반쯤 되었을 때 안내원의 말소리에 잠을 깼다. 안내원이 황산에 대해서 설명했는데 설명의 핵심은 황산을 올라가는 문은 3개가 있고, 지팡이와 물은 필수라고 했다. 버스 안이 다시 조용해져 잠을 청해 자고 있는데 한참 뒤 안내원의 말소리에 또 눈을 뜨게 되었다. 창밖을 보니 벌써 황산에 도착하고 있는 것 같았다. 안내원은 곧 황산에 도착하니 짐을 챙기고 즐거운 여행하라고 짧게 말했다. 버스 안의 사람들은 짐을 챙기느라 분주하게 움직이기 시작했다. 버스가 산 밑에 가서 정차했다. 내려서 황산을 올려다보니 산이 거대해 보였다. 황산을 두 번째 왔는데 처음 보는 산처럼 새로웠다. 누군가에 이끌려 하는 행동과

나의 엄지손가락

스스로 하는 행동과는 느낌이 천지차이라는 것을 알게 되었다.

황산을 올려다보니 답답했던 가슴이 확 트였다. 멀리 군데군데 올려다보이는 작은 계단들은 나무젓가락을 쌓아 놓은 듯 촘촘했다. 그 계단들을 하나하나 밟고 올라갈 것을 생각하니 가슴이 벅차올랐다. 가게에 가서 물 두 병과 지팡이 하나를 샀다.

매표소에서 파는 옥병케이블카표를 보고 내가 전과 다른 입구에서 내렸다는 걸 알게 되었다. 표지판에 붙여 놓은 지도를 보니 옥병케이블카를 타고 옥병루까지 가서 서해대협곡을 지나 시신봉까지 올라가면 될 것 같았다. 나는 케이블카표를 한 장 사고 찾아가는 길을 참고하려고 그림지도 사진을 찍어 두었다.

전에 왔을 때는 운곡케이블카를 타고 백아령까지 올라가 백아령에서 시신봉까지 갔다가 케이블카를 바로 타고 내려왔었다. 그때 우리가 등산한 코스는 우리집 뒷산까지의 거리와 비슷했다. 웨이 가족과 왔을 때는 웨이가 30분가량 올라가는데도 투덜거려 등산하자는 얘기를 꺼내지 못했다. 웨이의 행동에서 부모님 사랑을 듬뿍 받고 자란 티가 났다. 4일 학교 휴일에 들어갈 때 교문 밖에서 대기하고 있는 자동차 줄 행렬을 봐도 중국의 아이들이 집에서 얼마나 귀한 존재로 자라고 있는지 알 수가 있었다.

시신봉까지 올라갔다 오려면 빨리 서둘러야 할 것 같아 얼른 정류소로 올라가 대기하고 있던 케이블카에 탔다. 케이블카 안이 여행객들로 꽉 들어차 있었다. 나는 옥병루에서 내려 천도봉으로 내려갔다. 길이 좁아 내 의지와는 상관없이 관광객들을 뒤따르게 되었다. 관광객을 인솔하는 가이드가 예로부터 황산에서 천도봉에 가지 않으면 황산에 괜히 온 것이라 말할 정도로 이곳의 조망은 아주 유명하다고 설명했다. 옛사람들은 이곳이 신선이 모여 살던 곳이라 믿었다는 설명도 덧붙였다.

천도봉으로 내려갔다 올라올 때는 위로 뻗어 있는 계단의 끝이 보이지 않았다. 천천히 계단을 오르면서 주변을 살피니 산은 온통 신기한 바위들로 뒤덮여 있고 바위틈으로 소나무들이 자라고 있었다. 모든 것이 아름답고 신비로웠다. 산봉우리 사이사이마다 살포시 내려앉은 운해는 전시회에서나 볼 수 있는 명화 같았다. 운해를 보니 신선들이 축구하는 모습이 떠올랐다. 축구를 함께했던 중국 친구들이 생각났다.

계단을 한참 오르니 다리가 아파 발걸음이 느려졌다. 한국에서 산에 오를 때마다 뒤꿈치부터 걸으면 덜 힘들다고 했던 엄마의 말이 떠올랐다. 내 발을 보니 습관처럼 뒤꿈치를 의식하며 걷

나의 엄지손가락

고 있었다. 엄마의 말들을 한쪽 귀로 듣고 한쪽 귀로 흘려 내보낸 것 같았는데 몸은 엄마의 조언대로 반응하고 있어 신기했다.

내가 지나가고 있는 곳이 어디쯤인지는 잘 모르지만, 계단 아래 절벽은 무척 위험했다. 계단을 만든 사람들은 어떤 사람들 이었을지 궁금해졌다. 가끔씩 짐을 나르는 사람들이 지나갔다. 나는 혼자 올라가기도 힘든데 무거운 짐을 양쪽 어깨에 메고 계 단을 거뜬히 올라가는 짐꾼들이 대단해 보였다. 내가 오르고 있 는 곳은 마치 절벽에 계단을 붙여 놓은 듯했다. 한 계단씩 오를 때마다 아찔해서 다리가 후들거렸다. 절벽의 계단을 조심스럽게 지나니 쉬어 가는 의자가 나왔다. 이 상태로 시신봉까지 가는 것 은 무리일 것 같아 앉아서 쉬었다. 주변을 둘러보니 산이 정말 거 대했다. 계단을 다 올라와 만난 평평한 길은 거대한 바위를 깎아 만든 조각품 같았다. 길 아래로 병풍처럼 길게 펼쳐진 절벽은 몹 시 위협적이어서 걷는 내내 긴장을 풀 수가 없었다. 절벽에 계단 을 만들고 길 내는 일을 했던 사람들은 모두 무사했을까?

쉬었다 가려고 의자에 앉아 물을 마시고 생각에 잠겨 있는데 사람들의 무리가 지나갔다. 단체 관광을 온 모양이었다. 중국어 로 떠드는데 그들은 표준말을 쓰고 있어 거의 알아들을 수 있었다. 이곳이 황산에서 가장 어려운 코스로 유명한 서해대협곡이라고 했다. 이곳에서 공사를 했던 사람들 중에는 절벽으로 떨어져 죽은 사람들이 많았다는 가이드의 말을 듣고 소름이 돋았다. 지나가는 사람들이 나를 흘깃흘깃 쳐다봐서 무안했다. 여행객들이 썰물처럼 빠져나가고 나니 짐을 짊어진 사람이 올라왔다. 짐을 짊어진 사람은 내 앞에서 비틀거리다가 의자에 기대 놓은 내 지팡이를 건드려 지팡이가 낭떠러지 쪽으로 굴러갔다.

"어어어!"

나도 모르게 지팡이를 쫓아가며 큰 소리가 튀어나왔다.

"위험해요!"

짐꾼이 내 팔을 잡아끌며 말했다. 지팡이는 그만 낭떠러지로 떨어지고 말았다. 지팡이가 없으니 이 산에서 유일한 의지처를 잃어버린 것 같았다. 그 사람은 두 손을 합장하고 머리를 조아리며 몇 번씩이나 미안하다고 말했다. 나는 억지 미소를 지으며 손을 흔들어 괜찮다고 답했지만 마음속으로는 걱정이 되었다. 그는 짐을 잠시 내려놓고 내 옆에 앉아 물을 마셨다. 나도 목이 말라 한 모금 정도 남은 생수병을 따서 마셨다. 마지막 물이었는데 물을 파는 매점도 없어 고민스러웠다. 짐꾼은 내 물병을 보더니 물

나의 엄지손가락

한 병을 내밀었다. 내 지팡이에 대한 보상인 것 같았다.

"중국인은 아닌 것 같은데 어디서 왔어요?"

그가 내게 물을 건네고 나서 말했다.

"한국 유학생이에요."

"아~ 반가워요."

"산에 혼자 오르는 것도 힘든데 어떻게 짐을 짊어지고 산에 오르죠? 대단해요."

나는 두 손으로 엄지 척을 해 보이며 말했다.

"하다 보면 요령이 생긴대요. 근데 나는 초보라서 좀 서툴러요."

그는 미소를 지으며 멍들고 까진 다리의 상처와 거친 손을 보여 주며 말했다. 그의 거친 손과 멍들고 까진 다리의 상처들은 마치 초보 증명서처럼 느껴졌다. 앙상하게 마른 몸과 새까맣게 그을린 맨살들이 그의 고단함을 말해 주는 것 같아 동질감이 느껴졌다.

"어디까지 가세요?"

내가 물었다. 같은 방향이면 짐을 나누어 들어 주려는 의도에서 물었다.

"저기 보이는 시신봉 쪽이요. 그 주변 호텔에서 이 짐 주인이 묵거든요."

"저도 시신봉에 가는데. 이 짐 저와 나누어 들어요."

"정말요? 고마워요."

그가 흔쾌히 허락하는 것을 보니 도움이 필요한 모양이었다. 그는 웨이 가족처럼 심성이 고와 보였다. 그가 짐 한 덩어리를 내 등에 배낭처럼 매 주었다. 처음에는 힘든 줄을 몰랐지만 평탄한 길과 계단 오르기를 몇 번 반복하다 보니 여간 힘든 것이 아니었다. 시신봉이 가까이 보이는 것을 보니 거의 다 온 것 같았다. 몸이 말을 듣지 않아 휘청거렸다. 나는 입술을 깨물고 두 손으로 계단을 짚어 가며 네 발로 기어서 올라갔다. 짐꾼이 보다 못해 짐을 달라고 했다. 그도 몹시 힘들어 보여 괜찮다며 끝끝내 짐을 주지 않았다. 주변 사람들은 거의가 맨몸으로 지팡이 2개에 의지해서 걸어 올라가고 있었다. 내가 네 발로 기어가고 있을 때 다른 짐꾼이 커다란 짐을 짊어지고 두 발로 뛰어올라 가듯 앞질러 올라갔다. 그가 신처럼 느껴졌다.

"저 사람 같이 되려면 몇 년은 이 황산에서 살아야 해요."

뒤따라오면서 내 엉덩이를 밀어 주던 초보 짐꾼이 숨을 헐떡

나의 엄지손가락

이며 말했다. 나는 계단에 털썩 주저앉아 대답 대신 그를 보고 고
개를 끄덕이며 웃었다.

어쩌면 황산이 소나무를 지키고 또 키워 주고 있는 것처럼
짐꾼도 지켜 주면서 키우고 있다는 생각이 들었다. 그러지 않고
서야 그렇게 무거운 짐을 양 옆으로 매달고 가볍게 이 산을 오를
수는 없는 노릇이다.

짐꾼을 보니 사람의 재능은 가지고 태어나는 것이 아니라 태
어나서 개발되는 것이라는 생각이 들었다. 내가 축구와 달리기에
재능을 보인 것도 타고난 재능이 아니라 엄마와 등산을 하면서
다져진 재능일 것이라 생각되었다. 그 덕에 존재감이 없었던 나
에게 '레이샨'이란 닉네임도 생기게 된 것이다. '레이샨'이라는 별
명을 갖게 해준 친구들이 고마웠다. 나를 인정해 준 친구들을 얻
은 것 하나만으로도 중국에 유학 온 보람이 느껴졌다.

네 발로 기어서 오르고 걷다 보니 사자봉이 나왔다. 짐꾼이
짐을 내려놓으며 잠시 쉬었다 가자고 했다. 사자봉에 올라서서
주변을 둘러보니 저 멀리 소나무 한 그루가 바위 위에 우뚝 서서
푸른빛을 내뿜고 있었다. 안내판을 읽어 보니 몽필생화였다. 붓
끝 모양을 닮았다고 하여 붙여진 이름이다. 몽필생화를 올려다

보니 갑자기 해주가 떠올랐다. 해주는 내 가슴에 붓을 던져 꽂아 준 고마운 친구였기 때문이다. 해주는 내가 갈팡질팡할 때 중심을 잡을 수 있도록 도와주었다. 엄마와는 화해하고 잘 지내고 있을까? 해주에게 민폐를 끼쳐 미안하다는 문자만 보내고 내 본래 마음을 드러내지 않아서 찜찜했다. 걱정하지 말라고 전화라도 해 주었어야 하는데 발등에 떨어진 불을 먼저 끄느라 까마득하게 잊고 있었다. 해주에게서도 더 이상 문자가 없는 것을 보니 내 마음을 이해한 것 같았다. 해주는 내가 자진해서 나간 것이 잘되었다고 생각하면서 미안한 마음에 문자를 못하고 있을지도 모른다.

나무에 몸을 기대고 핸드폰을 켜서 메시지 창을 띄웠다. 웨이에게서 한국에 잘 도착했냐는 메시지가 와 있었다. 내 문자를 기다리고 있었던 모양이다. 호텔을 나온 뒤로 웨이에게 거짓말했던 것이 계속 신경이 쓰였는데 뭐라고 말해야 할지 난감했다. 해주에게 먼저 문자를 보내야 할 것 같아 해주 이름을 터치했다.

- 해주야, 인사도 못 하고 나와서 미안해.

그동안 네가 옆에 있어서 든든했어.

너 때문에 힘든 일을 잘 버텨 낸 것 같아.

나의 엄지손가락

정말 고마웠어. 잊지 않을게.

마음에 빚으로 남아 있던 것을 메시지로 보내고 나니 속이
편해졌다. 웨이에게도 진실을 이야기해야 할 것 같아 이름을 터
치했다.

─ 웨이, 할 말이 많은데 우선 너 몰래 나와서 다시 한 번 미안
하고. 사실 나 아직 중국이야. 비행기표를 예매하지 않았어.
생각할 것이 좀 있어서. 자세한 이야기는 한국에 들어가서
전화로 해 줄게.

두 사람에게 문자를 보내고 나서 폰을 꺼 놓았다. 둘의 답장
은 내려가서 확인할 생각이었다. 이제 엄마 문제를 해결해야 할
생각에 머리가 복잡해졌기 때문이다. 폰 문자는 얼굴 보고 하기
어려운 말을 대변해 줄 때가 많아서 마음을 편하게 해 주는 것 같
다. 두 사람에게 진정한 문자를 보내고 나니 속이 후련했다. 옛
이야기에서 임금님의 당나귀 귀를 보고 난 신하가 그 사실을 남
에게 말하지 못해서 병이 난 것처럼 나도 문자로라도 말하지 않

으면 마음의 병이 생길 것 같았다. 신하가 구덩이를 파고 그 안에 '임금님 귀는 당나귀 귀'라고 외치고 나서 속병이 나은 것처럼 나는 문자를 보내고 나니 속이 편해졌다. 핸드폰은 어찌 보면 우리가 매일 파고 있는 구덩이일지도 모른다는 생각이 들었다.

문자를 보내고 나서 짐꾼에게 가자고 했다. 사자봉에서 내려오면서 청량대쪽으로 갔다. 한쪽이 탁 트여 있고, 시원한 바람이 불어왔다. 시원한 바람을 맞으며 계단을 타고 내려왔다. 내려가는 길은 수월해서 좋았다. 내려오다 보니 흑호송이 버티고 서 있었다. 줄무늬가 있는 검은 호랑이를 닮았다고 해서 붙여진 이름이라 설명되어 있었다. 중국인들은 이름을 잘도 지어 붙이는 것 같아 웃음이 나왔다.

마지막으로 시신봉으로 오르는 것만 남았을 때였다. 계단을 오르는 일이 지옥 같았다. 네 발로 기어서 오르고 내려오고 하다 보니 시신봉이 눈앞에 보였다. 숨이 가프고 몸이 힘들어도 마음은 뿌듯했다. 주변에 사랑의 열쇠가 걸려 있는 것을 보니 시신봉에 거의 다 온 것 같았다.

"이제 거의 다 왔으니 짐을 주세요."

"그래요? 저도 여기에 친구와 걸어 놓은 자물쇠 찾으러 온 건데 잘 됐네요."

"덕분에 힘이 덜 들었어요. 고마워요. 자 이거."

짐꾼은 주머니에서 돈을 꺼내 나에게 건넸다. 나는 놀라서
손사래를 치며 거절했다. 짐꾼은 자기 나라 중국으로 유학 온 학
생에게 신세 지고 빈손으로 보낼 수 없다며 끝끝내 돈뭉치를 내
손에 쥐어 주었다. 그러면서 기회가 될 때 갚으라고 했다. 어딘가
모르게 귀에 익숙한 말처럼 들렸다. 중국 사람들이 타인과 관계
맺는 방법 중 하나인 것 같았다. 학교 다닐 때 나에게 오버하면서
까지 베풀어 주었던 친구들, 웨이 집에서 명절에 받은 세뱃돈 40
만원, 친구 결혼 축의금과 명절 폭죽놀이에 한 달분 월급을 모두
쏟아붓는 통 큰 사람들을 생각하면 이해할 것 같았다. 나는 할 수
없이 돈을 받고 전화번호를 물었다. 그는 씩 웃으며 내 손에서 폰
을 가져가더니 전화번호를 입력해 자기 폰에 전화를 걸었다. 그
래서 우리는 친구가 되었다. 이름은 하오였다. 하오는 지식이 많
고 똑똑한 사람이라는 뜻인데 이는 자신보다 부모님의 희망 사항
이 담긴 이름이라고 설명하며 수줍게 웃었다. 내게 또 한 명의 중
국 친구가 늘게 되어 흐뭇했다.

하오와 작별인사를 하고 나서 돈을 주머니에 넣고 시신봉으

로 향했다. 시신봉에 다다랐을 때 저 멀리 연리송이 보였다. 두 그루가 붙어 있는 모습이 로맨틱한 연인처럼 보인다고 해서 연리송이라 붙여진 이름이라 했다. 그런데 내 눈에는 왜 이 연리송이 샴쌍둥이처럼 보일까? 로맨틱하다는 느낌보다는 그냥 어쩔 수 없이 붙어서 지내야 하는 운명을 지닌 듯했다. 붙어서 지내다 보면 싸울 때도 많겠지만 가까이 붙어 있으니까 슬픔도 제일 먼저 나누게 되고 기쁨도 제일 먼저 나누게 되겠지? 가족이 바로 그런 것 아닐까? 그러고 보니 내가 중국에 와서 기쁨과 슬픔을 제일 많이 나누고 서로 격려하고 위로했던 사람이 왕웨이였다. 왕웨이가 친형제처럼 느껴졌다.

웨이와 의형제를 맹세했던 자물쇠를 찾아보았다. 그동안 자물쇠가 많이 늘어나 쉽게 찾지 못했다. 어딘가에 걸려 있을 소중한 자물쇠를 생각하며 웨이를 생각했다. 웨이와 자물쇠를 걸어 놓고 열쇠를 하나씩 나누어 가졌던 날이 생각났다. 열쇠를 꺼내 물끄러미 바라보다가 핸드폰을 켰다. 웨이와 해주에게서 답장이 와 있었다. 웨이는 지금 어디냐며 다급하게 몇 번 묻더니 답을 포기한 듯 그럼 한국에 잘 들어가고 한국에 도착하면 꼭 연락 달라고 했다. 해주는 한국에 잘 들어가고 행운을 빈다는 짧은 답을 보내왔다. 화면에서 웨이 번호를 터치했다.

- 웨이, 나 지금 어디 있는지 알아?
- 한국 집에 도착했구나. 잘했다. 하하하.
- 황산 시신봉이야. 우리가 의형제 맺은 곳.

문자 보내는 것을 참으려고 했는데 열쇠를 바라보다가 벅차올라 참을 수가 없었다.

- 뭐? 너 미쳤어?

웨이는 황산으로 온다며 기다리라고 했다. 산에 오르는 일을 무엇보다 싫어하는 웨이인데 나를 위해 이곳까지 올라온다니 감동적이었다. 나는 곧 내려가 공항으로 가서 비행기표를 예매할 거라고 말했다. 웨이는 공항으로 갈 테니 거기서 보자고 했다. 내가 비행기표를 예매하고 연락할 테니 그 때까지 기다리라고 했다. 눈물이 주르르 볼을 타고 흘러내렸다. 이제까지 살아오면서 나를 괴롭히고 놀리는 친구는 있었어도 웨이처럼 나를 아껴 준 친구는 없었기 때문이다.

눈물을 닦고 마음을 진정시키기 위해 시신봉에 올랐다. 시신봉에 올라 주변을 둘러보았다. 시신봉 주변에는 유난히 희귀한 이름이 붙은 소나무들이 많았다. 옆의 관광객을 인솔해서 온 가이드가 소나무에 대해서 한참 설명했다. 가이드는 시신봉에 가지 않으면 황산의 소나무를 보았다고 할 수 없다는 말이 나올 정도로 희귀한 소나무들이 많다고 했다. 그 소나무들은 모두 이름을 가지고 있었다.

용조송은 소나무 뿌리가 용의 발톱과 닮았다고 해서 붙여진 이름이라는데 정말 밑에 뿌리를 보니 발톱처럼 밖으로 뿌리가 나와 있었다. 그리고 절벽에 아슬아슬하게 붙어 있는 소나무는 탐해송이라 했다. 절벽의 운해를 탐하는 청룡의 형상이라고 해서 붙여진 이름이라는데 절벽에 붙어 자라고 있는 모습이 너무 아슬아슬해 보였다. 탐해송을 보고 있자니 사람이 절벽에 매달려 있는 것을 보는 것처럼 가슴이 조마조마했다.

황산에서 몇 백 년씩 온갖 고난과 역경을 이겨 내고 꿋꿋하게 자라고 있는 소나무들은 모두 이름값을 하고 있는 것 같았다. 난 내 이름값을 제대로 하고 있는가? 꿈도 희망도 없이 두려움에

떨며 타인의 삶에 이끌려 살아온 내 자신을 되돌아보니 씁쓸했다. 탐해송은 절벽에 매달려 몇백 년을 살아오면서 얼마나 무섭고 고통스러웠을까? 하지만 잎이 푸른 것을 보니 대견스럽기도 했다. 탐해송이 저렇게 절벽에 매달려 꿋꿋하게 살아온 것은 엄마 같은 황산의 바위가 꼭 붙잡고 있었기 때문이 아닐까? 황산의 바위들을 둘러보니 모두 소나무들을 꼭 붙들고 있었다. 소나무들이 절벽으로 떨어질까 봐 꼭 붙들고 있는 모습들이 자식을 가슴에 안은 엄마들 같아 보였다. 냉혹하게 비바람이 몰아치는 곳에 소나무를 내놓고 속으로는 품어 주고 뒤에서 꼭 붙들고 있는 엄마 같은 황산의 바위들. 우리 엄마도 그동안 나를 가슴에 안고 고난과 역경을 이겨 내며 나의 홀로서기를 응원하고 있었으리라 생각하니 가슴이 미어졌다. 울컥하면서 엄마라는 이름을 불러 보고 싶었다.

"엄마! 엄마! 정말이야? 내 생각이 맞냐구?"

참았던 눈물이 왈칵 쏟아졌다. 그 자리에 주저앉아 엉엉 울었다. 이제 중국에서 안정적으로 자리를 잡아 간다고 생각했는데 이번 사건으로 엄마를 또 진흙탕 속에 빠트린 것 같아 너무 미안했다. 펑펑 울고 나니 속이 후련해졌다. 그동안 울고 싶어도 주변의 이목 때문에 맘 놓고 울지를 못했었다. 한참을 울고 나서 엄마 목소리가 듣고 싶어 핸드폰을 켜 보았다. 내가 먼저 전화할 생각을 하지 못하고 왜 전화를 기다리고만 있었는지 후회되었다. 통화가 된다면 당장 전화해서 목소리를 듣고 싶었다. 그때 핸드폰에서 문자 진동음이 울렸다. 해주였다.

- 내가 더 미안해. 괜히 오라고 해 놓고, 우리 엄마한테 욕이나 진탕 먹고. 이해해라.
- 내가 미안하지. 나 오늘 한국 들어가. 그동안 고마웠어. 잘 지내.
- 잘 생각했어. 들어가서 엄마와 싸우지 말고 잘하고 와.

이제 모든 일이 해결된 느낌이었다. 주변을 둘러보니 햇빛에 소나무 잎들이 반짝였다. 신선들이 노니는 것처럼 아름답게 펼쳐져 있는 운해와 바위 틈 속으로 삐죽삐죽 솟아오른 소나무들과 야생초들이 고난을 서로 위로하며 행복하게 살고 있는 모습으로 보였다. 나도 핸드폰에 저장된 친구들 이름을 보니 중국에서 시련을 잘 이겨 내면서 성장해 갈 수 있을 것 같은 용기가 생겼다.

나의 엄지손가락

내려오면서 용기를 내서 핸드폰을 켰다. 연락처 이름을 죽 올려서 '엄마'를 터치했다. 중국으로 유학 올 때는 텅 비어 있었던 연락처 공간이 중국 친구들 이름으로 메워지고 있었다. 유일하게 전화기가 터지는 장소라서 불통이 되기 전에 빨리 전화를 해야 할 것 같았다. 수신자 부담으로 하면 엄마가 전화를 받지 않을까 봐 전화비가 좀 들더라도 일반으로 했다. 전화벨이 세 번 울리고 나서 엄마의 목소리가 들렸다.

"여보세요?"

오랜만에 들어 보는 목소리였다. 엄마의 목소리는 나라는 것을 짐작한 듯했다.

"여보세요?"

이번엔 좀 더 다급한 목소리였다. 걱정이 섞인 오묘한 소리였다. 울컥했지만 참았다. 할 말을 빨리 해야 했기 때문이다.

"엄마, 나 오늘 한국 들어가. 가서 다 얘기할게. 밤늦게 도착하니까 새아빠와 수민이도 자지 말고 기다리라고 해."

한국에 들어가면 이번 일에 내 잘못이 없음을 정정당당하게 말하고 앞으로 어떤 사람으로 살아갈지 생각해 볼 것이다. 믿고 믿지 않고는 가족들 몫이라 어쩔 수 없는 것이다. 어차피 내 인생은 내 것이니까 내가 알아서 할 생각이다. 공부를 하지 않겠다는 것은 결코 아니다. 행복한 공부를 해 볼 생각이다. 이제는 내가 진정으로 하고 싶은 것과 잘하는 것을 찾아 색다른 경험도 해 가면서 진정으로 행복한 공부를 해 보고 싶다. 추상적이고 광범위하기만 한 나는 누구인가에 대한 답을 찾기보다는 좀 더 구체적으로 접근하여 나는 어떤 사람인가를 찾는 일부터 시작해야겠다.

나의 엄지손가락

15. 다시 항저우 공항

　황산에서 내려올 때는 케이블카를 이용했다. 서둘러 버스정류장으로 갔더니 마침 주저우의 서터미널로 가는 버스가 와 있었다. 버스 안에서 폰으로 비행기표를 예매했다. 웨이와 시간을 보내기 위해 늦은 저녁 비행기로 예매했다. 웨이에게 공항으로 가는 중이라고 문자를 보냈다. 항저우 서터미널에 도착해 캐리어를 찾고 공항으로 갔다. 웨이가 먼저 와서 기다리고 있었다.

　"무사한 거지? 한국 엄마한테 혼나도 참고 견뎌."

　웨이가 내 얼굴을 어루만지며 말했다.

　"아니야. 가자마자 먼저 나에게 잘못이 없다는 것을 가족들에게 당당하게 말하고 오해를 풀 거야. 나 이제 주눅 들지 않을 자신 있어. 내가 엄마의 웃음을 다시 찾아 줄 거야. 너로 인해 나는 다시 태어났어. 정말 너는 내 좋은 친구야."

"그래, 넌 잘할 수 있어. 너는 나의 의형제이자 우리 반 최고의 레이샨이잖아."

기분이 좋았다. 우리 반 아이들이 지어 준 레이샨은 나에게 처음으로 존재감을 느끼게 해 준 소중한 닉네임이었다. 그리고 반 친구들은 나에게 난생처음으로 학교생활의 즐거움을 느끼게 해 주고 추억을 만들어 준 고마운 아이들이었다. 방학이 끝나고 중국으로 올 때 친구들 선물을 준비해야겠다고 생각했다.

"웨이, 저녁은 내가 거하게 쏠게. 우리 맛있는 거 먹으러 가자."

"니가 돈이 어디 있다고? 황산에서 짐꾼 노릇이라도 했나 보네? 하하하."

"어떻게 알았어?"

웨이는 농담으로 말한 것인데 나에게는 사실이었던 것이다. 웨이는 내가 짐꾼 노릇을 한 것이 있을 수 없는 일이라 생각해서 내 말에 신경 쓰지 않는 눈치였다. 나는 다시 한 번 황산에서 짐 나르는 걸 도와주고 돈을 벌었다고 말하며 황산에서 짐꾼과 친구 맺은 하오에 대한 이야기를 해 주었다. 그리고 그에게 받은 돈뭉

나의 엄지손가락

치와 전화번호도 보여 주었다. 돈은 500위안이었다. 웨이는 놀라며 나에게 능력 있다고 엄지 척을 해 보였다.

"그 친구가 언젠가 너에게 도움을 줄 수도 있으니 가끔 연락하고 지내."

"오케이. 배고프다 밥 먹자."

"그래. 오늘은 너에게 맛있는 것 좀 얻어먹어 보자. 하하하."

우리는 식당으로 장소를 옮겼다. 종업원이 메뉴판을 가져왔을 때 메뉴판을 내가 먼저 보고 웨이에게 코스요리를 권했다. 그동안 웨이에게 도움받은 것이 고마워 통 크게 한번 쏘고 싶었기 때문이다. 우리는 나오는 요리를 천천히 먹으며 이야기를 나누었다.

"나중에 학교 졸업하고 아빠들처럼 회사를 경영하게 되면 우리 한번 멋지게 일해 보자. 지금 일을 두고두고 얘기해 가면서. 하하하."

웨이가 원판을 돌려 음식을 접시에 담으며 말했다. 웨이가 몹시 어른스러워 보였다.

"그래, 그러자. 그런데 나 너에게 말 안 한 게 있는데 사실 우리 아빠는 새아빠야. 그래서 새아빠가 사업은 하고 있지만 내가 후계자가 될지는 미지수야. 나와 동생이 6개월 차이 나는데 그 동생이 새아빠 딸이거든."

"그렇구나. 지금이라도 얘기해 줘서 고마워. 그래도 우리가 형제인 것은 변하지 않아. 니 붉은 손톱이 항상 너에게 행운을 주리라 믿어."

"내년에는 여름 방학에 니가 한국에 와서 봉숭아 물 같이 들일래? 진짜 효과 있어. 내가 봉숭아 물들인 뒤 한 번도 아픈 적이 없거든."

"그래 좋아. 그 붉은 색이 행운을 주니까 나도 내년에 봉숭아 물 꼭 함께 들이자."

"좋아. 그러면 앞으로 우리에게는 좋은 일만 생길 거야."

우리는 각자 자신의 나라 전통에 빗대어 손톱의 붉은 봉숭아 물을 해석했다.

"벌써부터 설레는데? 새아빠와 새엄마와 새동생도 처음 만날 걸 생각하니."

웨이의 진정한 마음이 느껴졌다. 우리가 많은 이야기를 나누는 사이 시간이 흘러 탑승 시간이 가까워졌다. 웨이와 아쉽게 작별인사를 하고 출국수속 절차를 마치고 대기실로 들어갔다. 상점

　　　　　　　　　　　　나의 엄지손가락

을 둘러보며 선물을 골랐다. 엄마 선물로 손수건을, 새아빠 선물로 사무실에 놓고 마실 녹차를, 수민이 선물로 판다인형을 사고 로비 의자에 앉아 탑승 안내 방송을 기다렸다. 항저우 공항에 처음 왔던 날이 생각났다. 폰에 도와달라고 편하게 연락할 사람 한 명 없이 외계에 홀로 떨어진 것 같았는데 지금은 도와줄 친구들이 있어 마음이 든든하고 행복했다.

중학교 때 나를 괴롭혔던 친구들은 어떻게 변했을까? 그들은 중학교 때 나와 기타 관계였지만 지금은 그들도 나처럼 사춘기를 잘 떠나보내고 이제 대학을 갈등하고 앞날을 걱정하는 그런 시기를 맞이했을지도 모른다. 그러면 나와 서로 정보를 공유하며 관시 관계로 진전될 수도 있지 않을까?

세상에 나쁜 사람이란 없는 것 같다. 나쁜 사람은 자기 자신의 주눅 든 마음이 만들어 낸 허상이 아닐까? 그동안 내가 친구들에게 괴롭힘을 당했던 것이 내 잘못은 아니더라도 내가 해결했어야 할 문제임은 분명하다. 중국 사람들은 도둑질과 사기를 당한 것은 자기를 철저히 지키지 못했기 때문이라고 생각한다. 나는 나를 괴롭힌 아이들에게 당당하지 못하고 주눅 들기에 바빴다. 그들에게 나를 지배할 힘을 내주었던 것이다. 앞으로는 내 자신을 철저히 지켜 나가는 사람이 되어야겠다고 생각했다. 이러한 생각을 하고 나니 내 자신이 황산의 소나무처럼 멋지게 느껴졌다.

"서준, 최고!"

엄지손가락을 들어 보이며 혼잣말을 했다.

'나 이제 숨지 않을 거야.'

치켜세운 엄지손가락의 상처가 모두 아물고 흉터만 울퉁불퉁하게 남아 있었다. 울퉁불퉁한 흉터도 시간이 흐르면 매끈하게 변해 가리라 생각했다. 과거에 불안감으로 심하게 파도치는 것 같았던 마음속이 현재는 잔잔한 호수같이 평화로워진 것처럼. 왼손으로 카메라를 쥐고 팔을 멀리 뻗어 사진을 찍은 뒤 톡 프로필 사진으로 올렸다. '나 잘 지내고 있어'라는 의미였다. 프로필 사진에 내 모습을 드러낸 것은 처음인데 어색하지 않았다. 엄마가 깜짝 놀라지는 않을지 모르겠다.

방송에서 한국행 비행기 탑승을 시작한다는 안내 말이 흘러나와 탑승구로 향했다. 탑승구가 마치 어떤 또 다른 세계로 들어가는 출구처럼 느껴졌다. 내가 한국을 향해 발을 내딛는 것이 내 마음속의 갈등과 두려움의 끝이면서 어떤 새로운 것의 시작 같다는 생각이 들었다. 걸어가는데 폰에서 진동음이 계속 울렸다. 프로필 사진을 보고 친구들이 보내온 메시지였다.

- 공항인 걸 보니 한국에 들어가는구나. 잘 다녀와.

랑랑이었다.

- 너 오늘 들어오냐? 어쭈, 피 흘렸던 좀비 손은 어디 갔냐?

방학하자마자 한국에 먼저 들어가 있는 상진이 문자였다. 상
진이를 처음 만났던 날이 생각나서 웃음이 나왔다.

- 오늘 들어가는구나. 부탁한 선물 꼭 사 와라.
- 내가 부탁한 선물 잊지 않았지?
- 나도 가고 싶다.

반 친구들이 한마디씩 써서 보내왔다.

- 서준 멋지다!! 파이팅.

해주었다.

- 서준, 한국에 오늘 들어가는 거구나. 다녀오면 연락해.

황산에서 만났던 짐꾼 하오였다.

- 사진이 멋지네. 서준, 최고!

웨이였다.

나의 엄지손가락

작가의 말

인간은 태어나면서 끊임없이 관계를 맺으며 살아간다. 그 과정에서 행복과 불행, 상처와 치유도 반복해서 일어난다. 인간은 이러한 반복되는 삶을 살면서 성장하는 것 같다. 생활하면서 자신이 머문 곳에 힘들게 하는 무언가가 있다면 잠시 그 장소를 옮겨 새로운 삶을 모험해 보는 것도 괜찮을 것 같다.

이 소설은 한국 학교에서 홀로서기를 하지 못한 주인공이 중국에 가서 좋은 인연으로 만난 새 친구들을 통해 홀로서기에 성공하는 이야기다. 주인공은 한국 학교에서 인정받지 못하고 친구들에게 따돌림을 당해서 마음의 상처를 받아 위축된 삶을 살았지만 중국으로 유학을 간 뒤에는 우여곡절을 겪으면서 사소한 행동에 인정을 받기도 하고 핸디캡을 감추려는 행위에 운 좋게 좋은 의미를 부여해 주는 친구들을 만나게 된다. 그러면서 삶의 반전에 대한 묘미를 맛보게 되고 마음의 상처도 치유하게 된다. 주인공이 친구들에게 인정받기 위해 노력한 것이 아니라 그냥 순리대로 삶을 살다 보니 자신을 인정해 주는 좋은 친구를 만나게 된 것이고, 그 친구들에 의해 존재감이 회복되고 삶의 자신감을 얻게 된 것이다.

좋은 친구는 그냥 가만히 있으면 다가오는 것이 아니라 새로운 곳으로 이동을 하면서 만나게 되는 것 같다. 세계화 시대를 살아가는 청소년들에게 한 장소에서 실패했다고 해서 좌절하지 말고 새로운 장소로 계속 이동하면서 다양한 친구들과 관계 맺기를 권하고 싶다. 물론 새로운 장소로 이동하는 것이 생각하는 것처럼 쉽지 않을 수 있다. 하지만 마음의 공간, 생각의 공간이나마 새롭게 확장해 나간다면 또 다른 힘을 얻을 수 있을 것이다.

이 과정에서 상처는 최대한 덜 받았으면 한다. 인간은 모두 다른 모습으로 태어나 다른 생각과 다른 취향을 가지고 살아가기 때문에 타인의 취향에 따라 자신의 감정이 흔들리지 않았으면 하는 마음이다.

2023년 2월에

이주현 서재에서 쓰다